KB111437

내 기분이 초록이 될 때까지

내 기분이 초록이 될 때까지

초판 1쇄 인쇄 2022년 01월 15일
초판 1쇄 발행 2022년 01월 20일

지은이   신시아

발행인   유영준
편집팀   오향림, 한주희
디자인   어나더페이퍼
인쇄   두성P&L
발행처   와이즈맵
출판신고 제2017-000130호(2017년 1월 1일)

주소   서울시 강남구 봉은사로16길 14, 나우빌딩 4층 쉐어원오피스 (우편번호 06124)
전화   02-554-2948
팩스   02-554-2949
홈페이지 www.wisemap.co.kr

ISBN 979-11-970602-7-4 (03810)

내 기분이
초록이 될 때까지

매일이 기다려지는 명랑한 식물생활

신시아 지음

오후의
서재

프롤로그

나를 키우는 식물과 산다

어렸을 때, 하루는 놀이터에서 친구들과 왁자지껄 땅따먹기를 하고 있었다. 내 차례가 아니라 놀이터 구석에 핀 작은 풀들을 바라보고 있었는데, 그중 신기하게 눈길을 끌어당기는 것이 있었다. 통통하고 귀여운 꽃 모양을 한 풀이었다. 왠지 다른 풀들과는 달라 보였다. 친구들에게 집에 다녀온다고 말하고 단숨에 집으로 달려가 가장 아끼는 보물을 넣어두는 사탕 틴케이스를 가져왔다. 체리 사진이 인쇄된 통에 놀이터의 흙과 그 풀을 조심스럽게 옮겨 담았다. 그렇게 데려온 풀은 햇빛이 쏟아져 들어오는 내 방 창틀에서 참 예쁘고 싱그럽게 잘 자랐다. 매일 물을 줄 때마다 키가 쑥쑥 자라는 게 어린 내 마음에 쏙 들었다. 기분 좋은 봄바람이 불던 5월의 어느 날에는 노란 꽃이 피어 내 방을 밝히기도 했다. 내가 꽃을 만들다니!

지금 생각해보니 그 풀은 먹을 수도 있는 식물인 돌나물이었다. 다육식물인 돌나물은 성장력이 워낙 좋아 식물에 대한 아무런 정보도 없던 어린 나도 잘 키울 수 있었던 것이다. 이것이 내가 식물을 키운 최초의 기억이다.

식물이 인생의 중심이 된 지금, '식물과 꽃이 좋아지면 나이가 드는 것'이라는 말을 들을 때마다 나는 이 기억을 꺼내 이야기해준다. 난 어릴 때부터 식물을 캔디통에 담아 키우던 아이였다고. 어릴 때 가장 즐거웠던 여행은 가족과의 해외여행이 아니라 산에 올라가 식물 이름을 하나하나 알아가던 과학캠프였다고.

'식물맹'이라는 개념이 있다. 주변에 있는 식물의 존재 자체를 잊고 살며 아예 보지 못하는 현대인들의 상태를 뜻하는 말이다. 나도 이런 식물맹 상태를 겪지 않은 건 아니다. 학교와 학원에 갇혀 온종일 공부해야 했던 청소년기와 잠까지 줄여가며 일했던 20대에는 식물에 대해 완전히 잊고 살았다. 가끔 예쁜 꽃다발을 보며 자연에 대한 향수를 느끼곤 했지만 그렇다고 뿌리가 있는 식물이 그립지는 않았다.

그러다 잠시 쉬며 새 일을 찾던 시기에 다시 식물

을 만났다. 그렇게 성큼 다가온 식물 키우기의 매력은 내 인생 전부를 바꿔버렸다. 나는 식물을 만나 행복을 찾았다. 출판사에서 일하는 내내 나도 언젠가는 책을 쓰게 될 것이라 막연히 생각했었다. 하지만 그게 식물에 관한 에세이가 될 줄은 상상도 못 했다.

책을 쓴다는 건 어느 대상에 대한 누군가의 온전한 갈망과 이상을 담는 일이라고 생각한다. 식물은 그런 의미에서 나의 열정을 담은 첫 책을 만들어줬고, 직업을 바꿔줬고, 무엇보다 많은 인연을 선물해줬다. 기분을 밝게 만들어주는 식물에 대한 에세이를 제안하고, 원고를 쓰는 데 큰 도움을 준 한주희 에디터에게 감사의 마음을 전한다. 왜 그토록 많은 작가가 프롤로그에 에디터를 향한 감사의 말을 쓰는지에 대한 궁금증을 완전히 풀어준 장본인이다. 식물이 가득한 집에 살며 엉망진창으로 쏟아진 흙을 참아준 나의 배우자와 어린이에게도 고마움을 전하고 싶다. 그리고 나의 식물들을 애정을 갖고 지켜보며 즐겁게 소통해준 구독자분들과 풀친구들에게도 감사를 전한다. 이들 덕분에 식물에 관한 더 많은 일을 해낼 수 있었다.

내가 식물을 돌보는 것이 아니라 식물이 나를 키

웠다는 말이 맞을 것이다. 앞으로도 나를 꾸준히 키워줄 식물에 대한 열정이 계속되기를 소망한다. 세상엔 여전히 내가 모르는 아름답고 신비한 식물들이 많으므로. 새 식물을 데려오면 나보다 더 행복해하는 소중한 사람들이 있어서 참 다행이다.

신시아

contents

4　　프롤로그 나를 키우는 식물과 산다

1장 /　행복의 씨앗을 심어볼까
　　　심다

13　　내 기분이 초록이 될 때까지
20　　움직이는 명상, 식물에 물을 주는 일
28　　튤립 축제에 초대합니다
36　　나는 어쩌다 식물덕후가 되었나
44　　네가 내 고양이라서 너무 행복해!
52　　야생화 산책의 기분
60　　식물을 만나러 갑니다

2장 /　이토록 다정한 식물이라니
　　　가꾸다

71　　식덕의 플랜테리어
79　　똥손도 가능한 수경재배
86　　분노유발자 해충
94　　토분에 초록을 담다
103　　몬스테라에 새잎이 나오는 순간
110　　가드너의 청소 콤플렉스
118　　나눌수록 커지는 식물의 사랑

3장 / 누구의 마음에나 작은 식물이 필요하다
기다리다

129 식태기를 아시나요?
136 성공한 덕후, TV에 나오다
144 나이든 사람만 식물을 키우는 건 아닙니다
150 퓨전화이트와 촉촉한 나의 공간
156 무기력의 반대말은 가드닝
162 클라리네비움에 농약을 뿌린 날
170 식물 집사의 소품

4장 / 식물을 만나고 내가 더 좋아졌다
자라다

181 내 식물만 이렇게 못생긴 걸까?
189 식물에 미치다
196 내 꽃길은 내가 만든다
204 책과 식물
211 덕업일치, 꿈의 씨앗이 싹트다
218 식물을 키우다 마주한 문장
224 내 인생에 찾아온 가장 멋진 선물

233 에필로그 당신의 기분이 초록이 될 때까지
235 **식물덕후 용어 사전**

1장

행복의
씨앗을
심어볼까

심다

살아 있는 존재지만
이토록 비폭력적인 생물이 식물 말고 또 있을까?
식물을 좋아하는 사람들은 있는 힘을 다해
싸움을 피해왔던 이들일지도 모른다는 생각을 한다.

내 기분이
초록이
될 때까지

머리가 아팠다. 소화도 되지 않았다. 퇴사하기 바로 전 나의 상태는 진통제와 소화제를 달고 사는 상황이었다. 몸이 이 지경이 되면서도 13년 동안 한 회사를 다닐 수 있었던 것은 그 일이 내가 좋아하고 사랑하는 일이었기 때문이다. 게다가 대우가 매우 좋은 회사를 스스로 그만둔다는 건 현실적으로 해서는 안 되는 선택이었다. 하지만 오랫동안 몰아쳤던 과업의 결과로 건강을 잃었다. 돈도 열정도 몸이 아프다면 모두 소용없을 것들이었다. 결국 그렇게 나는 사랑하는 일을 그만두게 되었다.

출판사에서 처음 1년은 편집 일을, 그리고 이후 오랫동안 마케팅을 해왔다. 사랑하는 책을 업으로 삼을 수 있다는 점에서 정말이지 행복했다. 좋아하는 일로 돈을 벌 수 있는 사람이 얼마나 될까? 그런 생각을 하며 몇 년간 약으로 버텼다. 그러나 결국 난 아픈 몸에 두 손 들고 퇴사를 결정했다. 이제 나는 무엇으로 불릴 것인가? 솔직히 그동안 "팀장님!"이라고 불릴 때마다 기분이 좋았는데……. 내 젊은 날을 불태워 만든 이 직함을 잃으면 나는 내 이름으로만 불릴까? 아니면 아이 엄마 이름으로 불릴까? 10년 넘게 승진할 때마다 바뀐 직함이 담긴 명함들을 보며 나는 알 수 없는 허전함을 느꼈다.

그렇게 후회 없이 일하고 난 다음의 내 일상은 대부분 집 안에서 이루어졌다. 회사를 그만두고, 이사를 하고, 인테리어에 한참 빠져 있을 때였다. 닮고 싶은 감각을 가진 디자이너의 집을 봐도, 따라 하고 싶은 인스타그램 속 멋진 집을 봐도 그곳엔 항상 초록의 식물이 있었다. 알 수 없는 강력한 끌림을 느낀 그때부터 나는 집을 초록 식물들로 채우기 시작했다.

처음엔 인스타그램에서 본 가장 쿨한 식물이라 느꼈던 유칼립투스를, 그 다음은 무늬가 있는 아비스를 들였다. 원래 알록달록한 꽃을 좋아했지만 꽃이 없는 초록색 풀을 사기 시작한 건 그때가 처음이었다. 거실에서 가장 햇빛이 좋은 곳에 결혼할 때 선물 받았던 커다란 해피

트리와 드라코를 놓고 그 옆에 내가 산 작은 유칼립투스와 무늬 아비스를 두었다. 회사를 가지 않는 평일 아침에 햇살이 내리쬐는 식물을 바라보는 일, 이게 뭐라고 이렇게 행복할까?

이게 바로 그 '풀멍'이었다. 아무것도 안 하고 식물과 햇빛을 그저 바라보는 일로 나는 치유받고 있었다. 너무 많은 일들이 몰아치면 누구나 번아웃이 오기 마련이다. 그리고 번아웃을 치료하는 데에는 식물과 햇빛만큼 좋은 것이 없다. 물론 그 일에는 '시간'이라는 비용이 필요하다. 이 시간을 쓰는 동안 나는 돈을 벌 수도 없고 승진을 할 수도 없다. 하지만 언젠가 다시 힘차게 뛰려면 쉬는 시간이 필요하다 믿었다. 그렇게 스스로를 위로하며 나는 본격적으로 식물에 빠지기 시작했다. 식물이 내 인생을 바꿀 수도 있다는 사실을 모르고 말이다.

식물이 얼마나 위험한(?) 존재인지는 하나둘 사들인 초록 식물로 집을 가득 채우고 나서야 알게 되었다. 창문으로 불어오는 바람을 맞으며 하늘하늘 흔들리는 유칼립투스에 반했던 나는, 시간만 나면 주변의 화원을 기웃거리기 시작했다. 그러나 가까운 동네 화원에는 내 눈에 들어오는 식물이 많지 않았다. 평소 '대체 저렇게 매력 없는 식물은 왜 사는 걸까?'라고 생각했던 종류의 화분들이 있었다. 그동안 내가 식물에 본격적으로 빠지지 못했던 이유였다.

지금 생각해보니 내가 아름답다고 느낀 식물들은 고향이 열대인 것이 많았다. 동네 화원에서 자주 보기 힘든 것들이다. 내가 왜 하필 우리와 다른 기후의 식물에 위로를 받았을까 고민해보니 그건 열대식물이 휴가로 간 호주와 발리에서 접했던 '그 풀'이었기 때문이다. 보기만 해도 이국의 정취가 느껴지는 초록이었다. 이렇듯 선물용으로 주고받는 개업식 화분이 아닌 치유의 풀멍을 위한 식물은 내 취향에 맞아야만 했다. 취향에 맞는 풀을 찾으러 당장 차에 올라탔다. 일하느라 땄던 운전면허가 이렇게 식물에 푹 빠지는 데에 필요충분조건이 될 줄은 몰랐다. 열대식물을 전문적으로 운영하는 농장은 차가 없으면 가기 쉽지 않은 곳에 있기 때문이다. 고속도로를 타고 한 시간 반을 달려 도착한 열대농장에는 내 꿈의 식물이 가득했다.

카트에 내 로망이었던 식물들을 담기 시작했다. 그 농장에서 가장 처음 산 식물은 무늬가 없는 평범한 몬스테라였다. 몇 년 전부터 이 커다란 초록 동그라미에 가위질을 한 듯한 잎을 내 공간에 두고 싶었다. 그곳엔 커다란 몬스테라 대신 '유묘'라고 불리는 어린이 식물이 많았다. '이 어린이 식물을 크게 크게 키워서 집 안을 온통 초록으로 물들여야지!'라고 생각하며 카트에 차곡차곡 담았다. 그 작은 어린이가 이렇게 빨리 거인이 될 줄 모르고 말이다.

열대식물들은 엄청난 크기와 속도로 우리의 부동산을 잠식한다. 그들에게 잠식당한 공간에서 내가 충분히 치유를 받는다면 그 정도 자리는 기꺼이 내줄 수 있다. 그렇게 인테리어를 목적으로 시작된 식물 키우기는 점점 못 말리는 식물 수집으로 변모해갔다.

보통 식물을 처음 키우기 시작한 몇 개월간의 집이 가장 아름답다. 그래서 그때 한참 식물에 빠져든 이들에게 선배들은 조언한다. "지금 멈추는 게 가장 예쁜 상태로 집을 지키는 방법이랍니다." 하지만 한번 식물의 마력에 빠진 이들은 아름다운 집을 온통 흙바닥과 잎으로 둘러 정글로 만들고 만다. 그리고 그들은 결국 서로 식물에 대한 이야기를 실컷 나누는 식물덕후 공동체가 된다. 나도 그랬다. 벌레를 무서워하던 내가 맨손으로 벌레를 잡

고 흙을 주물럭거리며 분갈이를 하게 될 줄은 몰랐다. 말
그대로 식물에 푹 빠져버린 거다. 식물과 인연을 맺으며
병들었던 나의 모든 것들이 다시 살아나기 시작했다.

"내 기분이 초록이 될 때까지 식물과의 인연을 놓
지 않을 거야."

어느새 식물은 나의 주치의가 되었고, 잃어버린 월
급과 명함을 대치할 정도로 큰 존재가 되고 있었다.

움직이는
명상,
식물에
물을 주는 일

아침마다 가족들의 식사로 버터 토스트와 반숙 계란, 제철과일을 준비해 아끼는 접시에 올려둔다. 일하는 곳 주변에 식당이 없어 도시락을 쌀 수밖에 없는 남편의 도시락도 간단히 챙긴다. 회사를 다닐 때는 느끼지 못했던 일상의 즐거움이다. 이것을 노동이라고 생각하면 노동이겠지만 그보단 내 가족을 챙겨줄 수 있어 감사한 일이라고 생각한다.

회사에 다니던 때, 집이 너무 엉망이라는 생각에 하루 휴가를 내서 청소를 하고 재래시장에서 장을 잔뜩 본 적이 있다. 그날 집으로 돌아오는 길에 문득 '아예 전업주부를 하면 어떨까?'라는 생각을 했었다. 아이가 커갈수록 하루하루 소중한 순간을 놓치기가 싫었고 물심양면으로 고마운 남편에게 더 잘해주고 싶은 마음이 들었기 때문이다. 고된 하루를 보내고 돌아오는 우리 집을 최대한 아늑하고 아름답게 만들고 싶었다.

　나의 많은 꿈 중에 하나는 '주부'였다. 쿨하게 검은 정장을 차려입고 회사 서류에 결재 사인을 하는 일도 좋았지만 따뜻한 내 집을 아기자기하게 운영해가는 일도 하고 싶었다. 하지만 둘 다 만족스럽게 이끌어가는 건 불가능했다. 어차피 건강 때문에 회사도 그만두었겠다 한때 꿈꿨던 주부의 일도 즐기기로 했다. 주부의 하루는 가족들이 직장과 학교에 가고 난 다음에 본격적으로 시작된다. 다른 주부들은 오전에 보통 구석구석 청소를 하겠지만 나는 사실 청소보다 더 열심히 했던 일이 있다. 그것은 바로 식물에 물을 주는 일이다.

　하루가 시작되면 우선 상쾌한 아침 공기를 집 안으로 들이기 위해 창문을 모두 연다. 그리고 그날의 기분에 따라 음악을 선곡한다. 보통은 경쾌한 재즈나 보사노바를 틀어놓는다. 그 다음은 부엌에 가서 원두에 뜨거운 물을 내려 하루 종일 마실 커피를 잔뜩 준비해둔다. 상큼함이 필요한 날은 하늘색 컵에, 따뜻함이 필요한 날은 연한 핑크색 머그에, 차분함이 필요한 날은 회색 머그에 커피를 따라 나만의 식물 선반 앞으로 간다. 그리고 화분 속의 흙이 얼마나 말랐는지 살펴본다. 흙이 마르지 않았다면 식물을 한참 들여다보고 마른 화분이 있다면 신나게 물조리개에 물을 담으러 간다. 추운 날이라면 약간 미지근한 물을 담는다. 주둥이가 가늘고 긴 물조리개로 핸드드립 커피를 내리듯 흙에 물을 쪼르륵 내린다. 바짝 말랐던 흙은 물을 머금고 잠시 부풀어 올랐다가 내려앉고, 밝은 갈색에서 짙은 갈색으로 바뀐다. 햇빛이 좋은 날이라면 물먹은 식물은 바로 키가 자란다. 거짓말이 아니다. 식물에 물을 주면서 내가 가장 깜짝 놀랐던 순간은 축 처졌던 잎이 물을 주고 몇 분 만에 생생해지는 장면을 목격했을 때다.

바짝 마른 식물에 물을 주고 타임랩스로 촬영을 하면 처졌던 식물의 줄기가 곧바르게 서는 것을 볼 수 있다. 특히 물을 좋아하는 여린 식물이라면 그 장면을 어렵지 않게 촬영할 수 있다. 생명의 놀라운 움직임을 목격한 이들은 자신이 화분에 물을 주는 행위가 얼마나 대단한 것인지 알게 된다.

간혹 식물 초보들은 물 주는 재미에 푹 빠져 식물을 익사시키기도 한다. 하지만 나는 그동안 식물에게 무

관심해서 말려 죽이는 일이 더 많았다. 일이 바쁘면 우리 주변에 식물이 살아가고 있다는 사실 자체를 잊는 일이 흔하기 때문이다.

식물을 가장 잘 키우는 방법은 자주 관찰하는 것이다. 관심을 갖고 화분의 흙이 마른 정도를 살피고 물을 줘야 반려식물을 건강하게 키울 수 있다. 매일 잎의 앞뒷면을 살펴보며 해충은 생기지 않았는지, 햇빛은 잘 받고 있는지, 통풍은 잘 되고 있는지 등을 봐야 식물을 죽이지 않을 수 있다. 그러나 일상이 바쁜 사람들은 주변의 식물까지 돌볼 여력이 없다. 식물에 빠져 마구 화분을 늘리던 친구들이 가장 슬플 때는 갑자기 회사일이 몰아쳐 제대로 돌보지 못한 식물이 하나둘씩 죽어가는 걸 볼 때라고 한다. 그만큼 반려식물은 꾸준한 관찰과 돌봄을 필요로 하는 존재다.

식물이 특히 활기 넘치는 생명이라는 사실을 체감할 때는 '저면관수'로 물을 줄 때다. 저면관수란 화분 밑의 그릇에 받아둔 물을 식물이 화분구멍을 통해 아래에서 위로 빨아들이는 물 주기 방법이다. 물을 좋아하는 종류의 식물에 따뜻한 날 저면관수로 물을 주면 물이 줄어드는 것이 확연히 보인다. 마치 목마른 동물이 벌컥벌컥

물을 들이키는 것 같다. 그 모습을 보고 나면 누구나 식물의 흙을 너무 바짝 말리지 않게 된다.

식물에 물을 주는 것은 움직이며 하는 명상이다. 가만히 가부좌를 틀고 앉아 하는 명상만이 명상은 아니다. 식물을 키우는 많은 사람이 식물에게 물을 주며 복잡한 일을 잊고 머릿속을 비운다고 한다. 그래서 나는 물을 자주 주지 못하는 겨울이 되면 식물등(식물에게 필요한 빛을 내뿜는 전구)을 쬐어주고 흙을 뒤집어 말리면서까지 굳이 물을 줄 타이밍을 만들어낸다.

나의 식물 친구 중 한 명은 이런 내게 딱 어울리는 별명을 붙여주었는데, 바로 '진취적 과습러'다. 과습이란 식물에게 안 좋은 영향을 미칠 정도로 너무 많은 물을 준다는 의미다. 나는 식물등을 쬐어주고, 흙을 뒤적거리고, 통풍을 시키고, 물을 자주 주는 스타일의 가드너다. 그러니 식물이 죽지 않고 오히려 빨리 자라게 된다. 진취적 과습러는 식물에 자주 물을 주지만 죽이지 않으면서 빨리 키우는 내게 찰떡같은 별명이었다. 그만큼 물 주는 일이 나에게는 소중했다.

가끔은 집사 대신 자연이 식물에 물을 줄 때가 있

다. 바로 비 오는 날이다. 빗물은 그 안에 질소가 녹아 있어 식물의 천연비료 역할을 할 수 있다. 한 번은 길가에서 비 맞는 화분들을 보며 이렇게 생각한 적이 있다. '저 화분들은 큰 사랑을 받는 아이들이구나!' 비를 맞게 하기 위해 낑낑대며 저 큰 화분을 바깥으로 내놓은 누군가의 마음이 느껴져 내 입꼬리가 올라갔다. 식물도 사랑을 받으면 외모에 그대로 드러나는데 그날 길가에서 비를 맞는 식물들은 하나같이 예뻤다.

사람은 스트레스를 받으면 숨을 얕게 쉰다고 한다. 식물에게 물을 주는 동안은 심호흡을 할 수 있는 여유가 생긴다. 그 여유는 사치가 아니라 바쁜 일상을 살아가는 인간이 병나지 않고 더 나은 일상을 누릴 수 있게 해주는 명상이다. 그런 의미에서 식물은 나의 하나뿐인 명상 선생님이다.

튤립
축제에
초대합니다

튤립의 분위기를 사랑한다. 탱글탱글 윤기가 도는 노란 튤립 스트롱골드, 은은한 복숭아색의 그러데이션이 있는 망고튤립, 부서질 듯 여리여리한 연보라색 튤립 캔디프린스. 모두 보기만 해도 기분이 몽글몽글해지는 아름다운 꽃들이다. 하지만 흙에 뿌리를 내리고 있는 투박한 튤립은 어쩐지 상상이 되지 않았다. 언젠가 한 번은 투명한 유리 화병에 뿌리를 내리고 자라는 튤립 구근의 영상을 보게 되었다. 맙소사, 튤립이 마늘처럼 생긴 알뿌리에서 나오는 거였다니! 그걸 처음 알게 된 나는 충격에서 헤어나는 데 시간이 좀 걸렸다.

이후의 어느 날, 우연히 튤립 구근 쇼핑몰을 발견했다. 홀린 듯 내가 좋아하는 연핑크색, 보라색, 하얀색 튤립을 종류별로 장바구니에 담았다. 쇼핑몰엔 검정색 튤립, 꽃잎이 겹으로 피는 튤립, 꽃잎 끝이 갈기갈기 갈라져 있는 튤립 등 끝도 없이 다양한 종류의 튤립이 있었다. 2월은 튤립을 심기에는 좀 늦은 시기라 대부분의 구근이 품절이었지만 오히려 너무 많은 종류에서 고르는 것보다 선택이 쉬워 좋았다. 자기 전 누워서 하는 온라인 쇼핑이라 별 고민 없이 대충 10개의 튤립 구근을 골라 결제했다.

　그러나 며칠 후 우리 집에 도착한 튤립 구근은 100개였다. 아뿔싸. 내가 시킨 건 열 송이의 튤립이 아니라 열세트, 즉 백 송이의 튤립이 될 구근이었다. 백 송이의 가격이 8만 원밖에 안 하다니. 꽃집에서의 꽃값은 이 구근을 심고 기다리고 돌봐주며 재배한 정성에 대한 가격이었다. 잘라서 꽂아둔 꽃만 보며 살아온 나로서는 충분히 할 수 있는 실수였다. 육쪽마늘처럼 생긴 구근들을 보며 한참 어이없어 하다가 정신을 차리고 튤립 구근 키우는 법을 찾아보기 시작했다.

　튤립 구근 키우기에 관한 인터넷의 거의 모든 글을 읽고 영상을 찾아봤다. 그리고 고민 끝에 한 외국 유튜버를 따라 수경재배를 하기로 했다. 튤립 구근을 수경재배로 키우려면 구근을 둘러싼 갈색 껍질을 벗기고 물에 구근 아랫부분만 담가둬야 했다. 그러나 우리 집엔 구근을 하나하나 담을 수 있는 예쁜 유리병은 몇 개 되지 않았고, 방울토마토가 들어 있던 투명한 플라스틱 통에 그 수많은 구근을 키우게 됐다.

　구근의 껍질을 벗기는 중에 웃음이 나왔다. 이건 쭈그리고 앉아 마늘 까는 모양새가 아닌가? 우아하게 튤립을 키우고 싶었는데 막상 현실은 마늘 껍질을 까고, 버려지는 온갖 플라스틱 통을 모으고 있었다. 내가 한 실수니까 어쩔 수 없지. 머리를 절레절레 젓고 수많은 튤립이 피어나는 상상을 하며 다시 작업을 시작했다. 펄라이트라는 입자가 큰 흰 돌을 통 아래 깔고 구근의 아래만 물에 닿게 해 80여 개의 구근 모두 수경재배를 했다. 100개를 전부 키우는 건 무리라는 생각에 나머지 구근은 주변에 선물했다.

　마늘을 닮은 그 많은 튤립 구근을 거실에서 키우는 모습이 너무 우스워서 사진을 찍어 트위터에 올렸다. 웃긴 사진은 트위터가 제격. 그리고 바로 그날 밤 '식물이랑'이라는 아이디를 가진 분께 이런 식으로 모두 수경재배를 하면 꽃을 보기 힘들 수도 있다는 조언을 들었다.

'아, 망했다.' 이런 생각을 하며 잠들었는데 그날 밤 튤립을 모두 흙에 다시 심는 꿈을 꿨다. 꿈에 식물이 나온 건 그때가 처음이었다. 출판사에 다닐 땐 작가님들이 꿈에 나오더니 이젠 식물이 등장했다.

다음날 나는 일어나자마자 흙과 화분을 주문했다. 주문을 하며 흙에도 다양한 종류가 있다는 사실과 어떤 흙이 튤립에 적합한지를 알게 되었다. 택배가 온 후엔 짐이 가득한 베란다를 비우고 그곳을 튤립 구근을 심은 화분으로 가득 채웠다. 그리고 그 날부터 조언을 얻은 트위터에 튤립을 키우는 사진과 동영상을 올리기 시작했다.

흙에 심어주자마자 하루 만에 마늘 같은 튤립 구근에서 뾰족한 초록색 잎이 모두 올라왔다. 왜 이렇게 빨리 자라는 걸까? 알아보니 튤립은 보통 가을에 심는 것이 정석인데 나는 막 튤립이 피어나는 시기에 뒤늦게 심었기 때문이었다. 아직 쌀쌀한 초봄 아침에는 베란다가 튤립 구근들이 내뿜은 수증기로 가득 찼다. 매일 환기를 해주고 물을 잘 챙겨주며 튤립을 기다렸다. 그러다 보니 어느새 베란다 가득 햇빛이 들어오는 봄이 되어 튤립이 쑥쑥 자랐다. 뾰족하게 올라온 튤립의 잎이 얼마나 귀여운지 매일매일 하루가 다르게 자란 튤립을 살펴보고 사진 찍어

주는 일이 아주 중요한 일과가 되었다.

그렇게 한 달을 돌본 후 가장 먼저 핀 꽃은 연핑크색의 꽃잎에 노란 암술을 가진 '아프케'라는 이름의 튤립이었다. 내가 흙에 심고 물을 주며 피워낸 꽃과의 첫 대면이었다. 게다가 그것이 내가 가장 사랑하는 꽃인 튤립이라니! 피어난 한 송이의 튤립을 거실로 가져와 종일 바라보며 뿌듯해했다. 그날 이후 하루하루 수십 송이의 다양한 튤립이 피어났다. 아침마다 커피 잔을 들고 베란다 앞에 앉아 튤립 축제를 감상했다. 하늘이 푸른 날이면 흰 구름과 알록달록한 튤립이 어우러져 우리 집이 네덜란드의 작은 꽃밭 같았다. 아파트에서 튤립 축제라니! 혼자 보기가 아까워 친구들을 우리 집에 초대했다. 친구들이 오는 날, 한 달 동안 키워온 튤립을 잘라 화병 가득 꽂았고 집 안 곳곳은 생기 넘치는 튤립으로 채워졌다. 사랑하는 이들과 함께 이렇게 많은 튤립을 누리는 건 환상적인 경험이었다.

'나 같은 초보도 튤립을 꽃으로 키울 수 있구나!'

내가 키운 싱그러운 튤립에 행복해하는 친구들을

보고 뿌듯했다. 새로운 감정이었다. 이런 기분
을 놓칠 수가 없어 그동안 구근 때부터 찍어왔
던 튤립의 사진과 영상을 모아 난생처음 동영상
편집을 시작했다. 무언가 새로운 게 시작되는
기분에 편집하는 내내 심장이 격하게 뛰었다.

　'튤립 키우는 방법.' 이것이 나의 유튜
브 채널 첫 영상이다. 튤립을 키우는 방법과
꽃을 피워내는 벅찬 감동을 공유하고 싶었다.
올리자마자 이 아마추어가 올린 영상의 조회
수가 3,000을 기록했다. 그제야 실감이 났다.
내가 유튜버라니. 그것도 식물 유튜버!

나는
어쩌다
식물덕후가
되었나

내 생일이 다가오자 남편은 선물로 무엇을 받고 싶은지 물었다. 언젠가부터 갖고 싶은 게 점점 사라진다는 생각을 했다. 옷도 보석도 최신 전자제품도 그다지 끌리지 않았다. 내 머릿속엔 오로지 싱그러운 신상 식물뿐이었다. 그래서 생일날도 남편과 함께 농장에 가 집에 들일 새 식물들을 고르기로 했다. 가득한 식물들 사이를 걸으며 남편에게 이건 뱅갈고무나무, 이건 벤자민, 저건 서향 동백나무, 여인초…… 하며 주변 식물들에 대해 설명해줬다. 그러자 남편이 물었다. 어떻게 그렇게 많이 아냐고.

"나는 식물덕후, 식덕이니까!"

사실 나는 덕후의 세계를 부러워하던 사람이었다.

그들의 열정과 지식이 부러웠다. 열정을 가질 수 있다는 건 자주 오지 않는 행운이기 때문이다. 열정은 사람을 움직이게 하고 기꺼이 공부하게 만든다. 스스로 원해서 하는 공부의 충만함은 느껴본 사람만이 안다. 시험을 위한 지식이 아닌 순수한 호기심이 낳은 원동력은 그 어떠한 목표보다 강력하다. 그럼 나는 어쩌다 식물덕후가 되었나?

살아 있는 존재지만 이토록 비폭력적인 생물이 식물 말고 또 있을까? 식물을 좋아하는 사람들은 있는 힘을 다해 싸움을 피해왔던 이들일지도 모른다는 생각을 한다. 바로 내가 그랬으니까. 예전의 난 그 누구와의 기 싸움에서도 항상 눌려 있었고 애써 아닌 척하며 사회생활하는 것이 너무 힘들었다. 얄궂게도 인간 세상은 동물의 세계와 마찬가지로 서열이 존재했다. 아니라고 외치고 싶었지만 마음속에선 현실을 인정할 수밖에 없었다. 이성은 폭력적인 세상을 애써 부정했지만 본능이 느꼈다. 그러나 식물은 폭력 없는 세상이란 아름다운 가능성에 한 표를 건네던 존재다.

식물을 좋아하는 사람들의 호의도 나를 식물덕후의 길로 이끌었다. 식물계는 지금까지 몸담았던 어떤 세

계보다 따뜻한 환대를 해줬다. 이익이 전혀 얽혀 있지 않은데도 긴밀한 관계가 생겨나는 놀라운 곳이었다. 한 번은 SNS에서 식물 이야기를 계속 해오던 어느 봄날, 평소처럼 잔뜩 식물을 사고 토분을 보러 가고 있었다. 신이 나서 혼자 과천의 토분 가게를 찾았는데, 누군가가 나를 알아봤다.

"혹시 신시아 님 아니세요?"

"하하하, 혹시 누구실까요?"

"저 덕이에요!"

바로 전날 트위터에서 덕이 님이 키우는 놀라울 정도로 아름다운 보랏빛의 크로커스 사진을 넋을 잃고 봤던 터라 바로 아이디를 알아들었다. 토분 가게에서 만난 식덕이라니. 우린 촌스럽지만 분명, 운명이었다. 오프라인 세상에서 온라인의 누군가를 우연히 만나는 건 어쩌면 무서운 일일지도 모른다. 하지만 식물의 세계에서, 특히 토분이 산처럼 쌓여 있는 곳에서의 만남은 시트콤의 한 장면처럼 친근했다. 덕후는 덕후를 알아보니까. 공통의 관심사가 있는 우리는 그 뒤로 트위터를 통해 서로의 식물 사진을 보면 예쁘고 장하다며 이야기를 나눴고, 결국 서로의 집까지 찾아가 식물을 구경하는 사이가 되었다.

처음 덕이 언니네 집에 가던 날 남편이 걱정했다. 모르는 사람 집에 그렇게 쉽게 갈 수가 있냐는 말이었다. 서로의 집에 가기 전까지 우리는 카톡으로 식물이 새잎을 내거나 꽃을 만들면 사진을 찍어 보내고 식물 수다를 떨었다. 새잎이 나오는 것에 대해 그렇게 환호성을 내줄 이가 주변에 없었기 때문이다. 이 희열을 함께 나눌 사람이 필요했다. 게다가 덕이 언니는 대학에서 원예학을 전공하고 식물에 관한 일을 하고 있었다. 배울 것이 많은 사람이었고 한없이 푸근했다. 매일 오랜 시간 이야기를 나누니 서로의 남편들은 우리 사이를 질투하기도 했다. 그렇게 우린 수많은 공통점을 발견하며 점점 더 가까워졌다.

식물이 가득한 덕이 언니네 집에 가는 날, 유튜버는 좋은 촬영 기회를 놓칠 수 없었다. 카메라를 가방에 넣고 내가 가진 나눌 수 있는 모든 식물을 챙겼다. 차를 운전해 한 시간 반이나 걸리는 언니네 집에 가서는 내가 가진 것과 다른 식물들을 구경하며 신이 났다. 키우는 방식도 완전히 달랐다. 언니는 식물에 물을 아껴주는 편이고 나는 자주 주는 편이다. 덕이 언니가 나에게 지어준 별명이 바로 '진취적 과습러'였다. 언니는 나에게 물을 많이 주면서도 죽이지 않고 잘 키우는 건 금손이 확실하다며 칭찬해줬고 나는 내 나름대로 가드닝 경험이 훨씬 긴 언니의 방식대로 물 주는 방법을 바꿔보려고 노력도 했다. 언니는 그런 나를 만날 때마다 신상 흙과 효과 좋은 식물 영양제를 챙겨주며 나와 내 식물을 응원해줬다.

식물의 인연으로 친구가 되면 내가 가진 식물의 수와 그가 가진 식물의 수가 자연스럽게 합쳐지게 된다. 번식이 가능한 식물들은 모조리 잘라 나누기 때문이다. '나눔'이라는 식물덕후 세계의 문화를 내가 그리 빨리 누릴 수 있을지 몰랐다. 식물에 애정을 느끼고 이를 밖으로 표현하는 이에게 식덕 선배들은 다정히 선물을 건넸다. 나도 그 고마움에 보답하기 위해 나눔을 하면 상대는 더 큰 나눔으로 복수했다. 이 고마움은 점점 커지는 것이어서 돌이킬 수 없는 관계를 만든다.

식물계정만 팔로우하는 트위터의 '식물계'는 식물 외의 이야기를 하는 트윗을 보면 언팔(로우)하는 이들이 많다. 사람들이 싸우는 걸 보는 것이 싫어서, 식물에게 조용한 위로를 받고 싶어서 접속했기 때문이다. 세상에는 싸워서 성취해야 하는 일들이 분명 존재하지만 멈춤이 있어야 그 싸움에서도 맑고 건강해진다. 꽃으로 대포를 막은 아이들처럼.

네가
내 고양이라서
너무 행복해!

어렸을 때부터 개를 기르는 집에서 자란 나는, 결혼하고서도 항상 동물의 따뜻함이 그리웠다. 고양이를 키우고 싶어서 매일 밤마다 입양을 기다리는 아이들 사진을 보고 또 봤다. 새벽까지 그렇게 안쓰러운 고양이들을 보며 몇 년 동안 고양이 육아법을 공부했다. 어느 고양이가 나와 인연이 있을까 싶던 한 겨울날, 남편의 회사에서 밥을 주는 길고양이가 새끼를 낳았다. 그런데 그곳은 공장지대라 들개들이 많았고, 고양이가 새끼를 낳으면 어느새 모두 죽는 열악한 곳이었다. 결국 회사 직원들이 새끼고양이들을 한 마리씩 입양해 가기로 했다. 그 중 하나가우리 집 까만 고양이 '양파'다.

손바닥만 한 새끼 고양이가 우리 집에 온 날을 기

억한다. 미야자키 하야오의 애니메이션에 나오는 먼지요정처럼 검정 솜털로 가득한 이 아이는, 집에 온 지 하루만에 화장실을 가렸고 새 집에 들어가 그릉그릉 소리를 냈다. '뭐 이런 천재 고양이가 있지?' 하며 주문해둔 습식과 고양이용 우유를 주니 찹찹찹 잘도 먹었다. 하지만 어미가 잘 돌보지 않아서인지 눈에는 눈곱이 가득 끼어 있었고 재채기를 할 때마다 누런 콧물이 뿜어져 나왔다. 병원에 데려가 검진해보니 고양이 감기라 불리는 허피스였다. 수의사 선생님은 양파가 너무 작으니 약을 주기보다는 먼저 푹 쉬게 하고 잘 먹여보라는 이야기를 하셨다.

"길고양이 입양하시고 좋은 일 하시니까 사료는 선물로 드릴게요. 그런데 작은 고양이는 갑자기 상태가 안 좋아질 수 있으니까 마음의 준비는 항상 하고 계셔야 해요."
"좋은 일이라니요. 제가 행운이지요! 제가 꼭 건강하게 만들 거예요!"

수의사 선생님이 겁을 주셨지만 나는 알았다. 양파는 곧 건강해질 거라는 걸. 양파라는 이름은 우리 집 어린이가 고양이를 입양하면 지어줄 거라고 몇 년 전부터 지어놓은 이름이다. 어떤 고양이가 와도 양파가 될 것이었다. 왜 까만 고양이가 양파인지에 대해 많은 사람이 묻는다. 아무 이유 없다. 그냥 양파는 양파다. 병아리처럼 삐약삐약거리는 고양이 양파는 다행히 사람을 좋아하는 편이었다. 데려온 지 며칠 만에 사람을 졸졸 따라다니며 장난을 쳤다. 금세 건강을 되찾았음은 물론이다.

양파가 오며 생겨난 고민은 우리 집의 200개가 넘는 식물들. 이 중 동물에게 독성이 있는 식물들이 꽤 많은데 대표적으로 스킨답서스, 튤립 같은 구근식물들과 알로카시아 등이 있다. 조기교육이 중요하다며 식물을 가지고 놀면 나름대로 주의를 줬는데 고양이에게 교육이란……(말을 잇지 못하는 집사). 그런데 고맙게도 양파는 식물을 많이 건드리지 않았다. 신기하게 먹어도 괜찮은 야자나무와 고사리 종류의 잎만 먹었다.

캣타워가 있지만 양파는 오히려 식물 선반 위에 관심이 많았다. 몸집이 작고 날아다닐 정도로 활발한 양파는 건강이 좋아지자 식물 선반의 3, 4층까지 올라가 내가 아끼는 귀한 토분들을 떨어뜨리기 시작했다. 그렇게 1년을 함께하면서 양파가 깬 토분이 특대품 화분까지 포함해 50개 정도는 될 것이다.

다행히 양파와 우리가 다치지 않은 것만으로 만족한다. 화분이야 또 사면 되고(아닌가? 지나간 시즌의 블리스볼과 두갸르송은 다시 살 수 없다), 흙이야 쓸어 담으면 되고, 식물은 다시 심어주면 된다. 막상 양파가 화분을 깨서 흙이 바닥에 와르르 쏟아지고 나면 식물의 뿌리를 살피는 기회로 삼았다. 흙과 뿌리의 상태가 생각보다 좋으면 내가 식물을 잘 키우고 있다는 걸 확인해 기분이 좋았다. 새삼 토분의 기능에 대해서도 더욱 신뢰가 생기며 가드닝의 뿌듯함을 느낄 수 있었다. 이런 긍정적인 마음이 새끼 고양이 집사에겐 필요하다.

식물을 키우며 알게 된 풀친구들은 유독 고양이 집사가 많았다. 그들에게 양파 간식도 많이 받고 고양이 육아에 대한 지식도 전수받았다. 특히 헬 님은 동네 고양이들에게 매일 밥을 주는 캣맘인데 양파의 입양 소식을 전하자 이제 많은 일들이 있을 것이라며 의미심장한 웃음을 보냈다. 새끼 고양이는 호기심이 많고 활동성이 커서 그와 사는 집에는 실로 많은 일이 일어난다. 한 번은 기생충약을 먹이고 엽기적인 사건도 있었다. 새끼 고양이를 입양했는데 입맛도 기운도 없어 보인다면 기생충약을 먹여보시라. 어딘가로 살아 있는 기생충이 나올 것이다.

다행히 큰 고생이나 병 없이 양파는 식물 사이를 아기 표범처럼 쏜살같이 지나다니며 행복한 생활을 하고 있다.

식물로 가득한 나의 공간에 양파가 있으면 그 자체로도 너무 아름다운 풍경이라 카메라를 자주 들게 된다. 그렇게 찍은 양파와 식물 사진은 많은 이들에게 사랑받았다. 그림을 그리는 내 친구들과 뉴욕의 한 일러스트레이터는 유튜브에 등장하는 양파를 보고 작품을 그려 보여주기도 했고, 일러스트레이터 예찬 님께서도 식물 선반에 올라가 있는 양파를 그려주셨다. 양파 사생대회라고 해도 과장이 아닐 정도였다. 식물과 고양이가 있는 모습은 그 자체로 예술가들의 영감을 불러오는 것일까? 고양이와 식물이 가득한 집만큼 아름다운 곳이 없기는 하다. 식물 집사로도 고양이 집사로도 할 일이 산더미지만 그들의 수발을 드는 것만큼 뿌듯함을 주는 일도 흔치 않다. 돌봐줄수록 사랑을 나눠주는 존재들이니까.

야생화
산책의
기분

식물덕후는 쉽게 행복해질 수 있다. 길가에 널려 있는 나무와 꽃, 풀들이 모두 사랑하는 대상이니까. 매일 화원을 가서 식물을 구경할 수는 없지만(가면 또 사게 되니까) 매일 식물 산책을 하는 것은 가능하다. 새로 이사 온 집 바로 앞에는 맑은 안양천이 흐른다. 안양천가에 피는 야생화는 매달 색깔이 다르고 매주 향기가 다를 때도 있다. 한눈에 다 들어오지 않을 정도로 잔뜩 핀 찔레꽃의 알싸하고 달콤한 향기를 맡으면 절로 행복해지는 기분이다.

봄이면 자연의 변화가 더 드라마틱해진다. 연둣빛 새순이 돋아나는 4월이 오면, 가장 먼저 나를 소리치게 만드는 건 흐드러지게 핀 보라색 소래풀꽃이다. 소래풀꽃이 핀 풍경은 인상파 화가의 그림처럼 점점이 보랏빛

으로 물들어 있다. 이런 멋진 곳이 집 앞에 있다니! 역시
난 식덕이 될 운명이었다. 사계절 내내 다른 꽃과 나무,
풀을 보기 위해 굳이 시간을 내서 산책을 나선다.

산책. 이 단어를 발음하면 혀끝에서 상쾌한 허브
향이 맴도는 듯하다. 회사를 그만두고 생긴 시간에 집에
서 반려식물을 돌보는 일도 좋았지만, 더 좋았던 건 날씨
좋은 평일 오전에 안양천 길을 걷고 걷는 일이었다. 처음
엔 운동을 하기 위해서 걷기 시작했지만 매일 달라지는
야생화의 화려한 모습에 정신을 뺏겨 사진을 찍고 이름
을 찾다 보니 걷는 속도가 느려졌다. 발걸음을 멈추고 쪼
그리고 앉아 작은 세계를 들여다보면 그곳에는 아름다운
초록 이끼 위의 꽃동산이 있다.

'이렇게 작은 파란 꽃은 닭의장풀이라는 이름을 갖
고 있었구나! 동글동글한 노란 꽃, 넌 애기똥풀. 물망초
를 닮은 꽃마리…….' 꽃과 풀에 심취해 구경하다 보면
나도 모르게 아는 것이 많아진다. 길가에 핀 잡초에도 모
두 이름이 있다. 우리가 모르는 것뿐. 이들의 이름을 찾
아주고 관심을 뻗어나가면 그 풀의 약용성분까지 알게
되고 산책길은 더 풍성해진다.

사실 야생화 산책의 소중함을 다시 돌아보게 만든

건 내 친구의 부러움 섞인 한 마디였다. 내가 아는 사람 중에 가장 큰돈을 버는 성공한 스타트업 대표인 그 친구는 내 야생화 산책 영상을 보고 감탄했다. "새소리가 가득한 안양천을 월요일 오전에 산책할 수 있다니! 세상에서 네가 제일 부러워!"

그러나 세상에 공짜는 없다. 내가 일 욕심을 버리고 건강한 삶을 살기로 결정했으니 이런 산책도 할 수 있었던 것이다. 내 의지로 직장을 그만둘 수 있었던 것 자체가 행운인 것을 나는 안다. 하지만 스무 살 이후로 돈을 벌지 않았던 적이 없었다. 20년 가까이 일했다면 이제는 조금 쉬어도 되지 않을까? 그렇게 치열하게 살아온 사람을 느긋하게 산책을 한다는 이유로 '팔자 좋은 사람'이라 부르고 싶다면 어쩔 수 없다. 어느 스님이 말하길 뜨거운 쇠공을 손에 들고 뜨겁다고 울부짖는 사람은 그 쇠공을 놓치고 싶지 않은 사람이라고 했다. 힘이 들면 내려놓으면 된다.

KBS 다큐멘터리 중 노년의 부부가 정원을 가꾸며 살아가는 편을 본 적이 있다. 할머니는 심각한 병을 선고받고 시골의 넓은 집으로 와서 들꽃을 키우며 정원 일을

시작했다. 뜨거운 햇빛을 받고, 잡초를 뽑고, 씨앗을 뿌렸다. 그렇게 좋아하는 일을 하며 할머니는 기적처럼 건강을 되찾고 의사가 선고한 기간보다 훨씬 오래 살 수 있었다고 한다. 이 모든 게 햇빛의 덕인 것 같다고, 할머니는 인터뷰에서 말했다.

태양은 식물을 키우고 사람을 치유한다. 뜨거운 햇살 아래 야생 식물을 한참 들여다보고 있으면 살갗이 타고 주근깨가 생긴다. 이건 모자 쓰는 걸 좋아하지 않는 나에게 달리는 어쩔 수 없는 훈장이다. 예전엔 잡티가 생길까봐 햇볕에 나가 있는 것을 싫어하던 때도 있었다. 그러나 언제나 더 좋은 것이 생기면 그것을 뛰어넘게 마련이다.

식물 덕분에 나는 더 열심히 산책을 다녔다. 산책의 동반자는 철마다 바뀌는 새로운 식물이다. 몇 년을 다니다 보니 언제 어느 지점에 복숭아향이 나는 하얀 장미가 피는지 알게 되었고, 애기사과꽃과 복숭아꽃이 가득 피는 장소도 기억해뒀다. 연초록색의 하트 모양 잎이 달랑거리는 계수나무가 예뻤다면 그 시기에 그 장소에 꼭 다시 간다.

산책을 더 풍요롭게 만들어 주는 건 귀여운 동물

친구들이다. 그들의 목소리, 특히 새소리는 흔들리는 나뭇가지 소리, 바람 소리와 더불어 산책의 가장 훌륭한 배경음악이 된다. 식물 산책을 할 때는 꼭 새소리를 들어야 한다. 운이 좋으면 봄날의 고양이 가족도 만날 수 있다. 같은 무늬의 고양이들이 꼬리를 바짝 들고 줄을 지어 걸어가기도 하고, 하천 풀숲에서 몸을 동그랗게 말고 잠을 자고 있기도 하다. 믿을 수 없겠지만 어느 겨울날에는 안양천에서 너구리도 만난 적이 있다(너구리는 먹을 것이 없으면 겨울에 하천까지 내려온다고 한다). 흐르는 안양천 윤슬 위에는 우아한 청록색 천둥오리가 떠다니고, 왜가리가 한쪽 다리로 서 있다. 잉어가 떼 지어 헤엄치는 모습도 마음이 평화로워지는 장면이다.

자연의 아름다운 풍경 속에서 많은 건강상의 도움을 받았다. 몸을 움직이는 것 자체도 건강에 좋았겠지만 정신적으로도 자연에서 해방감과 행복감을 느꼈다. 단지 내 기분 탓이 아니다. 실제로 이런 효과는 연구로도 검증이 되었다. 인간은 자연경관을 보는 것만으로도 스트레스와 피로가 해소되며 질병에서 회복되는 속도도 빨라진다고 한다. 또 중세 유럽에서는 아픈 사람들의 고통을 덜어주기 위해 수도원에 정교한 정원을 조성했다고. 굳이

이런 연구가 아니더라도 마음으로 느껴지는 벅찬 행복은 누구나 식물 산책을 가보면 알게 될 것이다. 그러니 마음이 힘들 때는 작은 꽃들을 보러 산책을 나가보는 건 어떨까?

식물을
만나러 갑니다

알록달록한 꽃과 커다란 식물이 가득한 곳에 가면 기분이 좋아진다. 그래서 식물에 빠지며 가장 자주 찾게 된 곳이 식물 가게들이다. 동네에서 가까운 도매 꽃시장, 멀지만 희귀식물을 파는 농장, 인테리어도 좋고 향긋한 커피도 파는 식물 카페, 천장까지 작품이 쌓인 토분 가게에 간다. 심지어 이케아에 가도 식물 선반이나 화병, 화분만 사오게 된다. 식물을 중심으로 돌아다니며 이 재미 있는 곳들을 유튜브에 소개해야겠다고 생각했다. 그래서 이 기획의 이름은 '식덕이 간다'로 당첨! 사실 일을 핑계로 사심을 채우는 '덕업일치'다. 세상에 식물 쇼핑처럼 흥분되는 일이 또 있을까?

처음 가본 우리 동네 도매 꽃시장은 가혹했다. 그

곳은 도매와 소매 구매자가 섞여 가는 곳이라 단골 도매업자가 아닌 이상 가격이나 식물 이름을 물어보면 매우 차가운 대답이 돌아온다. 심지어 이곳의 화분 가게 중에는 몇십 개를 산다고 해도 거래처가 아니면 팔지 않는 곳도 있다. 상대편의 입장에서 생각해보면 당연한 일이다. 하루에도 제품의 이름과 가격을 묻는 사람들이 얼마나 많을 것이며 귀찮게만 하고 사지 않는 사람들도 수두룩할 것이다. 누군가는 가격을 써놓으면 되지 않겠냐고 하겠지만 식물 업계에서 가격은 시세에 따라 유동적이다. 도매 꽃시장은 입구에서 가까운 곳일수록 대답이 차가웠다. 그렇지만 안쪽으로 들어갈수록 구경만 하고 있어도 식물 설명을 해주시는 분들이 있었다. 특히 한 분재원 사장님은 내가 한참 식물을 들여다보고 있으니 직접 오셔서 친절하게 말을 걸어주셨다.

"젊은 분께서 분재에 관심이 있으시네요?"
"아! 분재 너무 고급스럽고 멋지잖아요. 요즘은 BTS도 매화 분재를 키우는걸요?"

이렇게 시작된 대화는 연세 지긋한 사장님의 분재 강의로 이어졌다. 분재 쪽은 한문으로 조합된 어려운 단어가 많다. 사장님이 식물을 예시로 보여주며 어려운 분재 용어를 설명해주시니 쉽게 이해가 됐다. 듣는 내내 기분이 들떴다. 식물 초보일 때 꿈꿨던 일 중 하나가 식물 가게 사장님과 친해져서 식물 이야기를 실컷 듣는 것이었기 때문이다. 이렇게 '식덕이 간다' 코너를 진행하면서 친해진 사장님이 꽤 많아졌다.

그 중 가장 가까워진 분은 국내에서 희귀식물을 가장 많이 보유한 카페 사장님인데, 그 카페는 멀어도 매주 들를 정도로 단골이 되었다. 혼자서는 구하기 힘든 식물도 사장님께 이야기하면 시간이 걸리더라도 구해주셨다. 덕분에 희귀식물을 하나둘씩 모아가는 기쁨을 느낄 수 있었다. 이곳에 가면 "신시아 님이죠? 시아 님 소개로 여기 왔어요!"라고 말하는 분들을 종종 만날 수 있어 더 신난다.

가게들만 돌아다니기엔 내 지갑이 버거워했다. 가면 분명 예쁜 식물을 잔뜩 사오게 될 테니까. 그래서 떠올린 아이디어가 식덕들의 집을 방문해 취재하는 것이었다. 처음 방문한 곳은 200개가 넘는 식물이 있는 헬 님의 집이었다. 헬 님은 내가 처음으로 식물을 분양했던 분이다. 보내는 식물이 크기도 했고 너무 감사한 마음에 직접

배달까지 갔었는데 처음 만났는데도 집에 있는 식물들을 한참이나 소개해주셨다. 그런 인연으로 SNS에서 서로 식물 이야기를 오래 나누었고 용기내서 헬 님의 식물들을 촬영해도 되냐고 물었던 것이다. 이렇게 시작한 식딕들의 집, 식물 투어!

정작 나는 이 기획을 촬영하면 할수록 점점 자신감이 떨어졌다. 그들이 식물을 너무나도 잘 키웠기 때문이다. 화분 하나하나가 어쩜 그렇게 깔끔하고 식물들은 마른 잎 하나 없이 광택이 날까? 화분받침이 이렇게 깨끗할 수도 있구나!

그들에게 식물을 잘 키우는 비결을 들어보면 결국 식물을 사랑하는 마음이 행동으로 옮겨진 것들이었다. 하루에 두 시간씩 식물을 살펴보며 해가 드는 곳으로 옮겨주고, 식물등을 켜주고, 물을 주고, 화분을 닦고, 하엽(누렇게 말라 떨어진 잎)을 정리하고, 비료를 주는 등 부지런히 움직인 결과였다. 그들의 식물에 마른 잎이 하나도 없던 단순한 이유는 이미 식물 집사가 마르지 않게 관리하고 마른 잎이 생기면 바로 잘라줬기 때문이었다. 그들도 분명 누가 시킨 일이라면 이렇게 열심히 하지 못했을 것이다. 열정은 어느 순간 인생의 선물처럼 찾아온다. 내가 찾아간 식덕들은 선물처럼 다가온 식물을 향한 열정 덕분에 모두 행복해보였다.

식물로 이어진 인연은 서로의 집에 있는 식물을 보여주고 이야기를 나누는 데에 거리낌이 없었다. 나이가 들고 알게 된 사람들은 진정 친해지기 어렵다고 생각했었는데 관심사가 같은 이들이라면 이야기가 달랐다. 그들은 어떤 식물이 예쁘다는 소리를 들으면 그 자리에서 바로 줄기를 잘라줄 정도로 다정한 사람들이기 때문이다. 이런 이들에게 돈 받고 식물을 분양했던 내가 부끄러워질 정도였다. 그래서 처음으로 내가 키운 식물을 분양받았던 헬 님에게 내 식물 중 원하는 것이 있으면 평생 공급해드리겠다고 선언했다. 막상 그러고 나니 마음이 더 넉넉해졌다.

식물애호가들은 함께 외출할 때 동선을 식물 가게 중심으로 짠다. 가령 과천을 가게 되면 식물 카페에 갔다가 그 근처 식물 팝업 매장을 방문하고 또 그 옆에 있는 토분 가게에 들르는 식이다. 합정에 가면 그곳에 있는 유명한 분재 가게를 들렀다가 베고니아가 많은 식덕 사장이 운영하는 카페로 향한다. 식덕끼리의 내적친밀감은

같은 대상에 대한 열정을 함께 실컷 풀어낼 수 있다는 데
있다. 어느 누가 얼음처럼 멈춰 있던 식물에 새잎이 나온
일에 함께 소리질러줄 수 있을까? 사라졌던 '무늬 프라
이텍'의 무늬가 다시 나온 일이 얼마나 기쁜지 알아줄 수
있을까? 식물애호가들은 나의 동선에 환호하고 한마음
으로 소리 질러준다. 함께 손잡고 걷는 식덕의 길은 그래
서 더 유쾌하다.

2장

이토록
다정한
식물이라니

가꾸다

보통 나는 식물의 뒤통수만을 보고 있다.
그들이 밝은 햇빛을 받아 뒷면이 투명하게 빛날 때
내 마음이 가장 충만해진다.
식물의 뒷모습은 또 다른 매력이 있다.
당신은 잎의 뒷면을 얼마나 자세히 본 적이 있을까?

식덕의
플랜테리어

분명 내가 처음에 식물을 키우기 시작한 이유는 '아름다움' 때문이었다. 바람에 살랑거리는 잎을 보며 마음의 안정과 시선의 쾌적함을 찾고 싶었다. 식물을 무지막지하게 많이 소유하기 전까지는 말이다.

예전엔 거실의 큰 창 앞에 적당한 거리를 둔 식물들이 오밀조밀하게 모여 있었고, 화분 하나하나의 매력을 살려 배치할 수 있었다. 플랜테리어라 불리는 '그' 인테리어가 가능했던 것이다. 하지만 식물덕후가 되어 식물 위시리스트를 끝없이 적기 시작하며 나는 점차 식물 콜렉터가 되었고, 플랜테리어라는 단어는 어느새 다른 세계의 말처럼 느껴졌다. 우리 집은 점점 사람을 위한 집이 아닌 식물을 위한 집으로 변해갔다.

물론 나의 미적 능력의 부재 탓도 있겠지만, 화분

의 수가 200개가 넘어간 시점부터는 우리 집의 햇빛이 드는 곳은 모두 식물이 차지하게 됐다. 식물이 어울릴만한 티테이블이나 책상이 아니라 무조건 빛이 제일 잘 드는 곳에 식물을 놓아야 했다. 그래야 나의 식물이 가장 예쁘고 건강하게 자랄 테니까. 빛이 식물에게 가장 중요하다는 진리를 알게 된 후로 집의 아름다움을 위해 식물을 배치하는 건 잠시 사진을 찍을 때뿐이었다. 그러다 보니 하나씩 들여다보면 아름다운 식물들이 커다란 초록 덤불로 뭉쳐 보이기까지 했다.

　　해를 조금이라도 더 잘 보게 해주려고 식물 선반 위에 화분 테트리스를 하다가 실수로 떨어뜨리는 일도 허다했다. 긍정적인 생각회로로 보면 화분이 떨어져 쏟아지는 것은 식물의 뿌리를 확인할 수 있는 기회가 된다. 실제로 엉망이 된 그 자리에서 고슬고슬하게 좋은 흙 상태와 멋지게 잘 자란 뿌리를 보고 뿌듯했던 적도 있다. '나의 식물이 잘 자라고 있구나!'라며 흐뭇해하고 쏟아진 김에 그 자리를 대청소해야겠다고 다짐할 수도 있다. 흙이 쏟아지면 그 주위 모든 것을 치우고 다시 쓸고 닦아야하니 그 자리는 전보다 훨씬 깔끔해진다.

　　이 긍정적인 생각의 고리는 내가 식물을 돌보고 만

지고 있었기에 가능했다. 분명 식물을 돌보는 시간은 나의 여유 시간이었을 테고 그러니 내 마음은 어느 때보다 훨씬 풍요로웠을 것이기 때문이다. 식물을 돌보는 시간은 단순히 노는 시간이 아닌, 다시 내 상태를 활기차게 만들어주는 재충전의 시간이기도 한 것이다.

그럼에도 가끔은 너무 많은 식물에 책임감을 느껴 힘들거나 하엽과 흙으로 지저분해진 베란다 때문에 스트

레스를 받기도 한다. 그래서 나는 계절이 바뀔 때마다 식물 나눔을 한다. 식물은 줄 때도 크기라든지 상태, 키우는 난이도가 적당해야 한다. 이런 것을 다 따지다 보면 그 많은 식물 중에서도 줄 게 없어 애매할 때도 있다.

내가 키우는 식물들은 대체로 키우기 쉬우면 크기가 크고, 크기가 작은 것들은 키우기 어려운 아이들이 많다. 식물은 원래 작을수록 키우기 쉽지 않다. 그래서 친구에게 선물하기 위해 새끼손가락만 하던 수채화 고무나무를 집에서 팔뚝만 하게 키워 보낼 땐 기분이 오묘했다. 크기도 크고 키우기도 어려운 식물들은 같은 아파트 주민들 중 원하는 분들이 있으면 가져가시라고 사진을 올려 놓고 나눔을 한다. 그렇게 우리 집의 식물들은 하나씩 입양을 가게 된다. 나눈 식물들이 그 집의 넉넉한 공간에서 잘 자라고 있는 모습을 보면 마음 한편에 여유가 생긴다.

많은 식물을 나눔하고 나면 식물 선반 위에는 다시 새로운 식물을 놓을 자리가 생긴다. 정신 차려보면 나는 또 위시리스트에 써두었던 식물을 검색하고 있고 어느새 그 식물을 내 차 옆자리에 소중히 태워 안전벨트를 채워주고 있다. 식물 가게에 가서 위시리스트 속 식물을 집에 데려오는 것만큼 신나는 일이 또 있을까. 아예 나눔할 것까지 생각해 두 개씩 사서 말이다!

식물을 좋아하는 이라면 햇빛이 잘 드는 자리를 따라 화분을 옮겨본 적이 있을 것이다. 해가 이동하는 대로 빛을 따라다니며 식물에게 조금이라도 오래 빛을 보여준다. 빛이 잘 드는 곳과 몇 개 없는 식물등 아래에는 우선 내가 좋아하는 식물이나 귀한 식물을 놓아야 하는데, 상태가 좋지 않은 식물들에게도 해를 보여줘야 해서 매번 고민이 된다. 이리저리 화분을 옮기다 보면 어떤 식물의 잎을 다른 화분으로 찍어 자르기도 하고 더 우스운 일이 벌어지기도 한다.

내가 찍는 식물 영상이나 사진에선 우리 집의 식물들 모두 내가 보는 방향으로 돌려져 있지만 평상시에 그 식물들은 해가 들어오는 창 쪽으로 얼굴을 두고 있다. 그래야만 화분을 돌렸을 때 앞 얼굴이 화사하고 반짝이게 된다. 보통 나는 식물의 뒤통수만을 보고 있다. 그들이 밝은 햇빛을 받아 뒷면이 투명하게 빛날 때 내 마음이 가장 충만해진다. 식물의 뒷모습은 또 다른 매력이 있다. 당신은 잎의 뒷면을 얼마나 자세히 본 적이 있을까?

이렇듯 식물을 바라보고 있으면 짧은 시간 안에 행복해진다. 이 행복이 우리 집에 하나둘 식물을 늘리더니 어느새 쾌적한 실내를 정글로 만들었다. 그럼에도 내 머

릿속에는 포기할 수 없는 하나의 로망이 있는데, 그건 식물로 가득찬 집이지만 꼭 '쿨하게' 만들겠다는 꿈이다. 우리 집이 아름다운 정글하우스가 될 그날을 기약하며 오늘도 난 쏟아진 흙을 쓸어 담는다.

똥손도
가능한
수경재배

식물을 키우며 정말 재밌는 일 중 하나는 물꽂이로 뿌리를 내리는 수경재배다. 꺾꽂이(식물의 가지나 잎을 잘라 낸 후 다시 심는 방식)가 가능한 식물을 잘라서 물에 꽂아놓으면 곧 줄기 끝에서 하얗고 여린 뿌리가 생겨난다. 깨끗한 유리병에 물을 찰랑찰랑하게 담고 몇 가닥의 식물만 꽂아두어도 청량감이 느껴진다. 내가 처음으로 물꽂이를 했던 식물은 별 모양 녹색 잎에 흰색 무늬가 있는 유럽 아이비였다. 길게 자란 아이비 줄기 몇 가닥을 무심하게 툭 잘라서 작은 유리병에 꽂아두었다. 창문으로 들어온 햇살이 물에 반사될 때마다 싱그럽고 눈부시게 빛났다.

수경재배는 아름답기만 한 게 아니다. 초록의 식물들은 그 안에서 생명을 길게 이어갔다. 꽃집에서 산 꽃은 물에 꽂아두면 길어야 2주 생명을 유지하겠지만(가끔 금손들은 절화에서 뿌리가 나오게도 한다), 나는 이왕이면 금세 사라지지 않는 아름다움을 보고 싶었다. 향기로운 꽃이 화병 안에서 점차 고개를 숙이면 내 기분도 함께 저무는 느낌이었기 때문이다.

식물을 본격적으로 키우기 오래 전부터 나는 몬스테라 잎 두 장이 꽂힌 화병을 꼭 갖고 싶었다. 가위로 자른 듯한 동그란 몬스테라 잎만으로도 천국 같은 휴양지에 놀러온 기분이 들뿐더러 잎이 꽂힌 물의 이미지가 휴식을 연상시켰다. 화병 안에 든 물을 바라보면 눈이 밝아지고 머릿속은 한 템포 쉬어갈 수 있을 것 같았다.

수경재배를 할 수 있는 기회는 자연스럽게 찾아왔다. 식물은 잎이 너무 빽빽하게 자라면 통풍이 불량해져 좋지 않다. 가지치기를 하면 식물도 건강해지고 수형도 예뻐지는데 이때 자른 가지를 버리기가 아쉬워 작은 유리병과 컵에서 수경재배를 시작했다. 이후로는 어디에서든 물꽂이 하기 좋아 보이는 요거트병이나 푸딩병 등이 보이면 무조건 샀다. 백화점 식품매장의 음료수 코너에서는 음료가 아닌 예쁜 병을 고르게 되었다.

그렇게 크고 작은 다양한 모양의 병에 파란 꽃이

피는 아메리칸블루를 꽂고, 무늬 아이비를 넣고, 탱탱한 몬스테라를 꽂아뒀다. 하얀 거실 테이블 위에서 커피를 마실 때 그들을 옹기종기 모아 올려두면 금세 화려한 테이블이 됐다. 오전의 햇살이 비치는 식물과 함께 커피를 마시면 그렇게 행복할 수가 없었다.

가만히 보면 물에서 키우는 식물만의 고유한 분위기가 있다. 흙에서 자란 식물이 강인하고 생명력이 느껴지는 스타일이라면 수경재배로 자란 아이들은 가늘고 수려하다. 물에 담긴 여린 뿌리에서 잎이 나는 경우도 있다. 동그랗고 광택이 나는 수박페페라는 식물을 물에서 키우면 뿌리 부분에서 작은 수박을 닮은 아기 잎이 나오는 것을 관찰할 수 있다. 그렇게 식물의 잎과 뿌리가 물속에서 생겨나는 것을 보는 재미도 크다.

식물 가게에서 쉽게 구할 수 있어 많이들 키우는 식물 중에는 아이비가 있다. 그런데 아이비는 물을 좋아하지만 과습에는 민감한, 물 주기가 은근히 까다로운 식물이다. 그런 난이도가 높은 식물도 안전하게 키우는 방법이 뿌리를 물에 담가두고 키우는 수경재배다. 자라는 속도는 흙에서보다 느리겠지만 물이 모자라거나 과습이 와서 물러 죽이는 일은 없다. 집에서 식물을 키우고 싶은

데 물 조절에 자신이 없는 식물 초보자나 물을 줄 시간조
차 없는 이라면 수경재배를 추천한다. 특히 가장 키우기
쉬운 스킨답서스 종류를 주변에 추천해준 적이 있는데
그러자 어느새 그들의 집은 여기저기 머그컵과 유리컵에
서 자란 초록이들로 가득하게 됐다. 수경재배로 자신감
을 갖게 된 이들은 이것저것 식물을 키워보며 진정한 재
미를 알게 된다. 그런 생활의 귀여운 변화를 옆에서 관찰
하는 게 참 좋다.

　　수경재배에 도전해보라고 직접 식물을 주기도 한

다. 특히 내 몬스테라가 너무 커서 친구들에게 잎을 나눠 준 적이 많다. 우선 물에서 뿌리를 잎 크기만큼 키운 다음 흙에 심으라고 알려줬다. 잎을 받은 친구들의 집에는 그 이후로 식물의 종류가 늘기 시작했다. 식물이 주는 기쁨을 알아버린 것이다. 이렇게 우리 집에서 뿌리를 내려 여기저기 나눔한 식물들이 꽤 많은데 이는 모두 수경재배 덕이다. 그 어떤 바쁜 친구도, 식물 초보자도 수경재배로 키우는 식물은 죽이지 않았다. 평소에 식물을 잘 키우지 못한다고 자책하는 이들에게 내가 해주는 말이 있다. 당신은 똥손이 아니라 시간과 에너지가 부족해 식물을 관찰할 여력이 없었던 것뿐이라고.

대신 아무리 쉬운 수경재배라도 햇빛이 없는 곳에서는 식물이 죽는다. 식물의 생존에는 햇빛과 물 그리고 신선한 공기가 필수다. 식물을 물에 꽂아두고 햇빛을 보여주지 않거나 통풍을 시켜주지 않으면 뿌리가 나오지 않고 이파리가 누렇게 죽어간다. 물은 자주 갈아주지 않아도 괜찮다. 너무 더러워지기 전에만 갈아주면 된다. 비법을 살짝 더 알려주자면 불투명한 유리병에서는 뿌리가 더 빨리 나온다. 갈색의 유약병에서 식물을 키우는 것도 멋스러운 인테리어 아이템이 된다.

어쩌면 가지치기하다 모두 쓰레기가 되었을지도 모를 식물들은 대부분 지인들의 집에서 커다랗고 건강하게 자라고 있다. 식물을 화분과 흙에 심어서 줬다면 부담스러워서 안 키운다고 했을 법한 이들도 간편한 수경재배로 여전히 잘 키우고 있다. 작은 줄기 하나를 물에 꽂아 건넸는데 몇 달 후 몇 배로 자란 식물을 보여주며 내가 준 식물이 이렇게 잘 크고 있다는 소식을 들으면 미소가 피어난다. 그리고 그렇게 가지치기한 내 식물의 모체는 더 예쁘고 풍성한 수형으로 이 나눔을 축복해준다. 더, 더 많이 나누라고. 식물로 누리는 행복을 더 알려주라고.

분노유발자
해충

    따뜻한 봄이 오기 직전인 3월이면 꽃이 보고 싶어 몸이 배배 꼬인다. 하루는 잎이 거의 다 떨어진 나무 밑에서 작은 들꽃 하나라도 찾아보려고 여기저기 기웃대다 결국 분재를 파는 화원으로 향했다. 고맙게도 그곳은 이미 봄꽃을 준비하는 화분을 가득 들여놓았었다. 겨우내 꽃을 보고 싶어 했던 이들을 위로하려 한 듯.

    다양한 식물을 둘러보다 문득 화사한 분홍 꽃 더미에 눈길이 꽂혔다. 흰색과 옅은 복숭앗빛이 섞인 꽃이었다. 마치 벚꽃 같기도 하고 매화나 복숭아꽃 같기도 했다. 주인분께 여쭤보니 그건 명자나무의 일종인 동양금이었다. 한 나무에서 세 가지 색의 꽃이 핀다고 했다. 옅은 분홍색의 꽃잎 다섯 장 안에는 더 연한 노란색의 암술이 왕관처럼 들어 있었다. 그 자태를 한동안 넋을 놓고

보다가 운명처럼 그 화분을 가슴에 부둥켜안고 집으로 데려왔다.

　분명 가게에서는 이 꽃이 키우기 어렵지 않다고 했다. 대부분의 식물 가게 주인들이 그렇게 이야기하지만. 그들에겐 좋은 환경이 있어 실제로 많은 식물이 키우기 어렵지 않을 것이다. 꽃이 피는 식물은 보통 햇빛과 바람이 매우 매우 많이 필요하다. 동양금의 멋진 자태에 잠시 그 사실을 잊고 있었다. 화분을 집에 가져오고 며칠 뒤, 아직 피지 않았던 꽃망울은 우리 집에서 가장 해가 잘 드는 곳에 두었는데도 시들해졌다. 해를 따라다니며 부지런히 화분을 옮겼지만 역부족이었다. 활짝 피어 아름다움을 뽐내던 꽃들은 며칠 후 슬프게도 내 손으로 모두 따내야 했다.

　원인은 부족한 햇빛만이 아니었다. 줄기에 무시무시하게 많이 붙어 있던 검은 진딧물 때문이었다. 전에 본 연초록 진딧물은 이것에 비하면 귀여운 축에 속했다. 검정색 진딧물은 아름다운 꽃 사이에 붙어 아름다움과 흉측함의 극과 극을 보여줬다. 역시, 세상의 아름다움만 보려고 하는 건 불가능했다.

　식물을 키우다 보면 많은 벌레들을 만나게 된다.

제일 흔한 뿌리파리부터 거미줄을 치고 잎의 즙을 빨아먹고 사는 작은 거미 응애, 작지만 발발거리며 바쁘게 화분을 질주하는 톡토기, 하얗고 까만 점인 줄 알았는데 무시무시한 파워로 나의 식물들을 총체적 난국에 빠뜨리는 총채벌레 등. 그나마 이미 만나 구면인 벌레들은 괜찮다. 가드닝을 오래 할수록 그들을 맨손으로 눌러 없애는 일은 일상이 되었다. 날파리나 작은 모기도 맨손으로 못 죽이던 내가 식물에 해가 되는 벌레들은 아무렇지도 않게 잡다니. 가드너에게 해충은 내면의 분노를 끓어오르게 하는 존재다. 하지만 가끔 만나는 초면인 벌레들은 아직도 공포스럽다. 그들을 만나는 순간 칠판을 긁는 듯한 배경음악이 내 안에서 재생되는 듯하다. 내가 농부가 될 수 없다면 그건 아마 벌레 때문일 거라고 생각했다. 앞으로는 얼마나 더 초면인 벌레들과 마주치게 될까?

분노한 가드너는 다양한 농약과 친환경 살충제를 찾아다녔다. 식물의 뿌리를 갉아먹고 사는 뿌리파리 애벌레를 없애기 위해 나도 처음으로 많은 가드너가 쓴다는 농약을 써봤다. 쓰자마자 뿌리파리가 없어지는 듯했지만 그 약을 쓰고 한동안 없던 두통이 생겼다. 심지어 우리 집에는 어린이와 고양이도 있는데 농약을 계속 쓸

수는 없었다. 그래서 찾아낸 것이 과산화수소. 식물에 물을 줄 때 조금씩 섞어서 주면 해충이 줄어든다. 과산화수소 외에도 목초액, 계피, 커피가루 등 벌레가 싫어하지만 인체에 해가 되지 않는 것들을 꾸준히 흙과 잎에 뿌려줬다. 오랫동안 그렇게 반복하니 분갈이할 때도 벌레는 구경하기조차 어려워졌다.

눈을 흐릿하게 뜨고 보면 벌레가 보이지 않겠지만 사실 현미경으로 관찰하면 화분 안에는 하나의 생태계가 존재한다. 수많은 미생물과 다른 생명들이 흙을 구성한다. 그 사실을 외면하고 아름다운 꽃과 잎만을 위한 가드닝을 한다면 내 생각에도 그건 온전하지 않았다. 벌레에 대한 공포심은 여전하지만 시간이 지날수록, 그들을 없애려고 노력할수록, 그들의 존재 이유를 알게 됐다.

기분 좋은 풋풋한 흙냄새의 본질은 지오스민이라는 천연물질이다. 이 물질은 흙 속에 사는 미생물과 균류가 흙 속의 없어져야 할 무언가를 분해하며 만들어낸 부산물이다. 산책할 때 기분을 맑게 해주는 풀과 흙냄새가 이토록 작은 생명체가 해낸 일이라니 놀랍다. 작은 존재의 대단한 영향력은 곤충의 경우도 마찬가지다. 그게 비록 해충일지라도 말이다. 보통 '해충'이라 함은 농사의 생

산량을 늘리는 데 방해되는 벌레를 의미한다. 하지만 그 해충도 지구의 입장에서는 적당한 양의 식물을 유지하고 환경을 청소하는 생명일 것이다.

집에서 키우는 식물에 해충이 창궐한다면 그건 그 장소가 식물을 키우는 데 적합하지 않다는 증거다. 충분한 바람, 햇빛, 물이 있다면 식물은 해충을 이겨낸다. 내가 진딧물 때문에 포기한 동양금은 햇빛과 바람이 부족했던 것이다. 그래서 결국 벌레들이 식물을 침범했고 나는 그들에게 기권했다. 내 경험에 의하면 화려한 꽃이 필수록 다양한 벌레들이 생긴다. 특히 장미는 온갖 벌레가 꼬이기로 유명해 시도조차 해보지 못했다. 내가 아는 다양한 장미를 키우는 가드너는 매년 여름이면 젓가락으로 송충이를 잡는 데 긴 시간을 투자한다. 집에 들어온 지네에 물린 후 장미를 모두 정리한 가드너도 봤다.

벌레가 싫어 절대 집에서 식물을 키우지 않겠다는 이들도 많지만, 막상 식물의 세계에 빠지면 나처럼 곤충포비아가 있던 사람도 생각이 바뀐다. 식물을 오래 관찰하고 그 패턴을 좋아하다 보면 어느 순간 깡총거미의 동그란 배에 있는 하얀 줄무늬가 귀여워 보이는 날이 온다 (깡총거미는 귀여운 이름도 한몫했겠지만). 처음 만난 곤충의 이름을 찾겠다고 검색하는 자신도 발견할 수 있다. 이렇듯 세상은 알면 알수록 사랑스러워진다. 모를수록 공포 영화고!

토분에
초록을
담다

　내가 그동안 식물을 죽였던 건 플라스틱 화분 때문이었다(나 때문이 아니라고 믿고 싶다). 토분의 세계를 알기 전까지는 뿌리 통풍이 잘 되지 않는 플라스틱 화분을 썼다. 그 화분은 식물에 물을 많이 주면 과습으로 죽었고, 덜 주면 금세 말라 죽어 물 조절이 너무 힘들었다. 그런 고민을 하며 주변을 살펴보니 대부분의 식물 고수들이 아름다운 색감의 토분에서 식물을 키우고 있었다. 토분은 예쁘기만 한 것이 아니었다. 식물의 건강에도 아주 큰 영향을 미치고 있었다.

　내가 제일 처음 써본 토분은 마트에서 흔히 파는 독일 토분과 이태리 토분이었다. 독일 토분은 이태리 토분보다 좀 더 투박하고 표면이 매끈하다. 이태리 토분은 거칠지만 덜 무겁고 맑은 색상의 디자인이 많다. 밝은 베이지색과 연한 황토색의 토분을 사 모든 식물을 분갈이하니 우리 집의 하얀 선반과 커튼과도 꽤 잘 어울렸다. 그래, 이런 게 플랜테리어지! 그때부터 나는 식물에 더해 토분의 매력에도 빠지게 됐다.

두갸르송. 이 토분의 이름을 처음 들었을 때 난 유럽의 브랜드일 거라고 생각했다. 그러나 두 남자라는 뜻의 이 브랜드는 알고 보니 한국 기업이었다. 인터넷에서 본 그 아름다운 토분을 만든 곳이었다. 온라인과 오프라인 매장 몇 군데에서만 판매하는데 인기가 많아 재고가 뜨면 순식간에 모두 품절이 되는, 무시무시한 경쟁을 해야 살 수 있는 브랜드였다. 두갸르송 토분을 파는 매장에는 새벽부터 긴 줄이 생길 정도였다. 손이 느린 나는 두갸르송을 갖는 걸 처음부터 포기했다. 갖고 싶다고 SNS에 써두고 훗날을 기약하고 있었다. 아, 꿈의 토분이여! 그러던 어느 날, 식덕들 사이에서 천사로 불리는 식물이랑 님으로부터 첫 메시지가 왔다.

"시아 님의 첫 두갸르송, 제가 선물해도 될까요?"
대박! 유명한 분이 메시지를 보내준 것만도 영광인데 선물이라니요. 게다가 두갸르송 선물이라니요! 식물의 세계는 이렇게나 은혜로운 곳이었다. 며칠이 지나 처음으로 갖게 된 두갸르송 토분은 실물이 더 아름다웠다. 원래도 그릇을 좋아하는 나는 식물의 집인 토분에도 이렇게 멋진 브랜드들이 많다는 데 또 한 번 놀라게 됐다.

　　토분에 빠진 나는 유튜브 채널에도 새 토분에 새 식물을 심는 '분갈이수다'라는 코너를 만들었다. 분갈이수다는 식물이랑 님께서 진행하는 팟캐스트의 이름인 '식물수다'에서 따왔다. 분갈이하면서 주저리주저리 심심한 수다를 늘어놓는 것뿐인데도 이 코너를 좋아하는 분들이 생겨났다. 카메라를 켜고 식물에 대한 수다를 떨면서 하는 분갈이는 코로나19가 시작된 이후 집밖에 나갈 수 없던 일상에 큰 행복이 되었다. 주변에 식물을 좋아하는 사람이 많지 않아 관련 이야기를 깊게 나누기 어려우니 온라인으로라도 수다를 떨고 싶었던 것이다. 분갈이를 하면서 이야기를 늘어놓는 지루한 이 영상을 대체 누가 봐줄까 싶었는데 의외로 댓글의 반응은 좋았다. 분갈이수다 영상이 또 언제 올라오냐는 피드백도 꽤 받았다. 식물을 사랑하는 많은 사람들이 이런 수다가 그리웠던 거구나 싶었다.

점차 다양한 토분들을 사용해보면서 트위터에서 '토분 만드는 여자'라는 분을 알게 됐는데, 그 분의 정체는 '블리스볼'이라는 브랜드의 작가였다. 입소문을 타 많은 식덕들이 찬양하는 브랜드였다. 토분을 만들 때 영양제를 넣기라도 한 거냐며 왜 블리스볼에 심으면 식물이 이토록 잘 자라냐는 댓글도 보였다. 나의 트윗에 모두 하트를 눌러주는 그 분과 조금씩 친해지면서 호기심이 생긴 나는 결국 블리스볼 토분을 주문하게 됐다.

그리고 착한 가격의 국산 토분 브랜드를 소개하고 싶었던 나는 유튜브에 언박싱 영상을 올렸다. 생각했던 것보다 이 브랜드를 모르고 있던 분들이 많았고 내 영상을 보고 나서부터 블리스볼을 사서 쓰기 시작한 분들도 생겼다. 소소하게 올린 영상이었는데 이후 놀라운 일이 벌어졌다. 블리스볼의 '토분 만드는 여자' 작가님이 그 영상이 올라가고 매출이 3배가 늘었다는 소식을 전한 것이다. 난 "아닙니다, 아닙니다. 원래부터 블리스볼은 인기쟁이였지 않습니까"라고 짐짓 겸손하게 이야기했지만 사실 그 기쁨을 몇 달 내내 남편에게 자랑해댔다. 항상 퍼주고 싶어 하는 블리스볼 작가님은 종종 선물로 토분을 보내주셨고 나는 덕분에 멋진 토분을 써볼 수 있었다.

이제는 작가님과 친해져서 서로 사랑한다는 말도 장난스럽게 주고받는 사이가 되었다. 이런 소중한 인연은 식물에 빠지지 않고서는 갖지 못했을 선물이다.

브랜드 수제토분 외에도 공장에서 찍어내는 저렴한 토분 중에 내가 사랑하는 것이 있다. 바로 '흑막분'이라 불리는 거친 검정 토분이다. 집에 식물이 100개가 넘어가면서부터 모든 식물을 비싼 토분에 식재하기가 어려워져 저렴한 토분을 찾아다녔다. 과천에 도매로 토분을 판매하는 곳에 대한 정보를 얻고 그곳에 처음 방문한 나는 입이 떡 벌어졌다. 그곳은 차들이 쌩쌩 달리는 고속도로 옆 가게였는데 2층 높이까지 토분들이 쌓여 있는 천국이었다. 나는 아슬아슬하게 쌓인 토분 탑 사이를 조심스럽게 다니며 마음에 드는 토분 2~30개를 골랐다. 그러고 나서 계산하려는데 옆에서 토분 100개를 주문하는 소리가 들렸다. '아, 여긴 도매상이었지. 사장님 귀찮게 하지 말고 어서 사라져드려야겠다.' 사장님은 분갈이철인 봄에 오면 자신이 너무 바빠 불친절할 수도 있다고 미리 경고하셨다. "아무렴요! 괜찮습니다. 그 키우기 어려운 베고니아가 흑막분에서 얼마나 잘 자라는데요! 죽어가는 식물도 흑막분에서는 살아난다고요!"

토분에 빠지면서 새로운 종류의 아름다움을 알게 되고 소중한 인연을 얻었다. 나에게 토분은 단순한 화분이 아니라 나를 훌륭한 사람들과 또 아티스트들과 이어 준 고마운 존재다. 그리고 과거 청자와 백자를 만들던 도예가들의 피가 흐르는 금손의 나라인 우리나라 토분의 미래가 기대되는 건 당연지사. 훗날 외국인들이 우리나라 토분을 서로 사겠다고 경쟁하는 모습을 꼭 보고 싶다.

몬스테라에
새잎이
나오는
순간

집에서 본격적으로 식물을 키우기 시작한 건 몬스테라 덕분이었다. 무늬도 없고 진한 초록색 잎만 나는 흔한 몬스테라 말이다. 파주의 농장을 함께 방문했던 친구에게서 아기 몬스테라와 토분을 선물 받은 적이 있다. 차 뒷좌석에 고이 모셔와 거실에서 빛이 가장 잘 드는 곳에 두었었다. 반투명한 하얀 커튼 앞에 둔 몬스테라는 그 자체로 빛이 났다. 거실에 앉아 있으면 허리가 잘록한 황토색 토분에 담긴 초록 잎을 마냥 바라보게 되었다. 햇빛이 반사되는 반짝거리는 잎을 멍 때리며 보고 있으면, 머릿속을 비우려 애쓸 필요 없이 명상 시간이 저절로 만들어졌다.

무엇보다 몬스테라가 나의 마음을 사로잡았던 이

유는 어느 날 불쑥 손바닥보다 큰 잎을 선물해주기 때문이다. 내가 한 일이라곤 해가 잘 드는 곳에 두고 겉흙이 마르면 수돗물을 콸콸 부어준 것뿐인데 말이다. 몬스테라의 새잎은 마치 크로아상처럼 돌돌 말린 모양으로 나와 점점 부풀면서 펼쳐지는데, 그 모습이 오븐에서 빵을 구워내는 것 같아 감탄을 자아내게 귀엽다. 게다가 새잎은 원래 잎보다 훨씬 연한 초록빛을 띄고, 하나씩 나올 때마다 찢어진 구멍이 늘어나며 더욱 윤이 난다. 그래서 식덕들은 식물에 새잎이 나오면 참기름 바르고 나온다고들 많이 표현한다. 식물도 새잎은 어린아이처럼 눈이 부시다.

이 커다란 열대식물의 잎이 사적인 공간에서 하나씩 나오게 되면 누구라도 그 존재감에 식물에 매료될 것이다. 심지어 이 식물은 중간 줄기에서 공중뿌리가 나와 그 부분을 포함해 자르면 쉽게 나눔이 가능하다. 보통 건강한 몬스테라는 매달 새잎이 두 장씩 나오는데 겨울에 데려온 나의 아기 몬스테라는 다음 해 여름에 크게 자라서 싹둑싹둑 잘라 주변 친구들에게 안겨줄 수 있었다. 그렇게 선물한 몬스테라는 내 주변 친구들까지 식물의 재미를 느끼게 해주었다. 그러니 함께 식물 수다를 떨 수 있

는 친구가 없다면 몬스테라 잎을 선물해보자. 나한테 몬
스테라 잎을 받은 한 친구 부부의 집에는 이제 식물들이
꽤 늘었다. 식물에 관심이 없던 친구 남편은 귀엽게도 이
제 출근할 때마다 초록이들에게 인사를 건넨다고 한다.

몬스테라는 특히 큰 잎이 나오기 때문에 더 큰 성취감을 준다. 식물 따위가 나에게 성취감을 줄 수 있을까 싶겠지만 그 잎이 물리적으로 크고 심지어 자본 가치까지 있다면 이야기가 달라진다. 몬스테라 중에 잎이 하얗게 변한 돌연변이인 '몬스테라 보르시지아나 알보 바리에가타'라는 개체가 있다. 내가 살 때만 해도 그리 비싸지 않았는데 세계적으로 열대식물 붐이 일어나며 가격이 거의 10배가 뛰었다. 가끔 농담처럼 이야기하지만 우리 집의 하얀 알보 몬스테라가 새잎을 펼칠 때마다 돈이 피어나는 기분이다. 재테크 수단으로 열대식물을 대대적으로 키우는 이들도 많아질 정도니 말이다. 월급이 사라진 이에게 취미로 돈 선물을 안겨주는 식물이라니!

나에게 돈이란 자본주의 세상에서의 게임 포인트다. 생계를 위해서도 돈은 기본이고, 사회에서 일을 할 때 돈은 그 자체로 큰 의욕이 된다. 힘들고 서글프다고 생각해봐야 내 멘탈에 좋지 않다. 이왕이면 게임 포인트를 모으는 중이라고 생각하면 갑자기 하는 일이 더 재밌어진다. 사회생활을 하다가 일을 그만두거나 장시간 쉬게 될 경우 자존감이 낮아지는 것 같다는 이들이 많다. 나도 회사를 그만두고 한동안 성취감과 자신감의 부재에 시달

렸는데 그 빈자리를 식물이 채워줬다.

　　몬스테라의 새잎을 보는 건 기쁘지만 모든 식물이 이토록 쑥쑥 자라는 것이 좋은 것만은 아니다. 분재 분야의 식물이나 다육식물이 빨리 자라는 일은 결코 안 될 일이다. 특히 다육이는 키가 너무 자라는 걸 '웃자란다'고 표현하는데 웃자란 다육만큼 못난 식물이 없다. (그러나 마음씨 좋은 다육 집사들은 식물이 너무 웃자라서 고민이라는 내 말에 이런 따뜻한 대답을 들려줬다. "어머, 멋진 키다리 아저씨네요!" 이 못 말리는 식물계의 훈훈함!) 실제로 식물 고수일수록 식물에 물을 아껴주고 천천히 자라게 한다. 나처럼 새잎으로 성취감을 느끼겠다며 물을 콸콸 주는 자는 식물 세계에서는 애송이 중의 애송이다. 천천히 자란 식물은 그만큼 생명력이 강해지고 줄기가 굵고 튼튼하게 자라기 때문이다.

　　평소 내가 가장 많이 받는 문의가 "식물이 자라지 않아요"와 "새잎이 나오지 않아요" 같은 이야기다. 그럴 때마다 나는 식물을 기다려주라고 대답한다. 식물에게도 쉬는 시간이 필요하다. 새잎을 내지 않는 식물은 보통 뿌리를 열심히 만들고 있다. 내 식물 중에도 한동안 자라지 않던 '화이트마블퀸 스킨답서스'라는 종이 있었는데, 너무 답답한 마음에 분갈이를 해주다 깜짝 놀랐다. 작았던 뿌리가 3배 크기가 되어 있었기 때문이다. 그 일은 식물이 위로 자라지 않는다고 불평하던 나를 반성하게 했다. 그 뒤로는 식물이 새잎을 안 내도, 잘 자라지 않아도 조용히 기다려줬다. 가만히 바라보며 꾸준히 돌봐주면 언젠가는 자랄 테니까.

나의 반려식물 아기 잎이 힘이 바짝 들어가 영차영차 '뽁' 하고 나오는 걸 보는 일은 일상의 큰 자극이 된다. 하지만 식물은 환경이 좋지 않거나 뿌리를 키우고 있는 중에는 새잎을 내지 않는다. 나는 식물을 보며 사람도 사회적으로나 외적으로 성장하지 않는다고 스스로 타박하지 않았으면 좋겠다 생각한다. 속으로는 엄청난 뿌리를 만들고 있을지 모르니까 말이다.

가드너의
청소
콤플렉스

　로망이 있었다. 독립하면 나의 집을 식물이 가득한 발리의 젠스타일 인테리어로 꾸미고자 하는 로망. 하지만 식물이 많아지면 많아질수록 현실은 그와 멀어졌다. 거실 바닥은 흙투성이고 하루라도 청소를 게을리하면 떨어지는 꽃과 누런 잎으로 집이 지저분해지기 십상이었다. 실내 가드닝에서 가장 어려운 점을 묻는다면 나는 '청소'라고 이야기하고 싶다. 다른 식물 집사들에게도 청소의 고됨에 대해 이야기하면 많은 이들이 크게 공감한다. 청소를 좋아하고 잘하는 사람도 물론 있겠지만 실제로 많은 가드너들이 청소 때문에 식물 키우기를 포기하기도 한다.

　우리 집에 화분이 260개가 넘어간 이후로 정확히

세어본 적은 없지만 아마 300개가 넘은 지 꽤 되었을 것이다. 이것도 상당하긴 하지만 나는 진짜 덕후들에 비하면 많은 편도 아니다. 식물의 수가 많으면 몇 시간씩 물시중을 들고, 화분을 닦아주고, 하엽을 정리해줘야 겨우 사진을 찍어줄 만한 모습이 된다.

나는 아침마다 환기를 하고 커피를 한 잔 내려 마시면서 매우 즐겁게 식물에 물을 주곤 한다. 이 과정은 식물을 키우면서 가장 행복해지는 순간이기도 하다. 하지만 식물에 물을 주면서 화분받침 아래로 물이 넘치는 일은 허다하다. 걸레로 바닥을 쓸고 닦고 하다 보면 몇 시간이 훌쩍 지나 있다.

SNS 속 아름다운 집들은 얼마나 많은 노동 후에 그런 모습을 가지게 되었을까? 몇 년 전 휴가를 가던 날 봤던 번쩍거리도록 깔끔한 인천공항에서 나는 문득 누군가가 그 넓은 곳을 쓸고 닦는 모습을 떠올렸다. 청소란 일에는 엄청난 에너지가 소모된다. 하고 나면 기분이 좋아지는 것은 분명하지만 며칠 뒤엔 또 지저분한 모습으로 원상복귀되고 다시 에너지를 내어 시작하기가 어렵다.

한때 나에겐 청소유전자가 없다고 생각하기도 했었다. 그와 반대로 내 남편은 청소하는 스킬도 좋고 타고 나길 깔끔한 성격의 소유자다. 가끔 내가 가지치기를 안 해 식물이 무성하게 자라면 베란다에서 뱀 나올 것 같다 고 농담을 하기도 한다. 식물이 있는 곳을 대청소하면 나 보다 더 좋아하는 이가 남편이다.

식물을 키우는 것 자체가 공간을 필요로 하고 그곳 을 깔끔하게 유지하기 쉽지 않다 보니 가족들의 반대를 불러올 수도 있다. 신나게 식물 키우는 취미를 이어가다 가 부모님이 식물을 모두 버려서 슬퍼하던 분도 있었고, 배우자 때문에 비싼 관엽까지 모조리 정리하는 분도 봤 다. 가족의 공감대를 얻으려면 우선 식물을 집에 놓음으 로써 아름다움을 느끼게 해야 하는데 그 기본 전제가 청 소인 것이다. 그래서 외국에서는 식물이 크고 빠르게 자 라는 흙 대신 물에서 식물을 키우는 수경재배가 유행하 기도 한다. 흙보다 물 쪽이 청소하기 간편하기 때문이다. 하지만 식물은 느린 속도를 좋아하지 않는다. 나는 결국 바람 불면 흙먼지가 날리는 화분에서 식물을 키우게 되 었다.

식물이 있는 공간을 청소하기 어려운 또 다른 이 유 중 하나는 청소를 하다가 식물을 보면 너무 예뻐서 한 참을 바라보게 되기 때문이다. "아이고, 내 새끼들 예쁘

다!” 하며 감상하다 보면 어느새 다른 일을 할 시간이 되어 있다. 그러면 청소는 다음날로 또 미뤄진다.

집에 누가 오거나 풀샷이 필요한 콘텐츠를 찍게 되면 반강제로 대청소를 한다. 하지만 막상 미루고 미룬 끝에 청소를 하다 보면 내 공간뿐만 아니라 마음까지 깨끗해지는 경험을 자주 했다. 흙바닥이 아닌 깔끔한 하얀 선반 위에 놓인 식물들은 더 아름다워 보였다. 다른 곳도 아닌 내 열정이 가득한 곳을 광내는 일이야 말로 즐거운 일이 아닌가? 청소가 너무 힘들고 진행이 되지 않는다면 그 사람은 아마도 매우 지쳐 있는 상태일 것이다. 그럴 땐 게으르고 지저분한 나를 다그치기보다는 좀 더 쉬며 스스로를 기다려주자. 그럼 어느 순간 나도 모르게 내 공간을 멋지게 만들고 싶은 의욕이 샘솟을 시간이 온다.

즐기려고 하는 가드닝이 힘에 부친다면 그건 이미 건강한 취미가 아니다. 식물을 관리하기 부담 없는 수로 줄이고 미니멀하게 즐기는 것도 좋다. 나도 언젠가 청소가 힘에 부치기 시작한 때부터 식물들을 주변에 나눠주기 시작했다. 아파트 커뮤니티에 식물을 나눈다고 사진을 올리면 빠른 속도로 가져가겠다는 댓글이 달린다. 그렇게 식물이 필요한 분들이 화분들을 가져가고 나면 우리 집도 어느 정도 통풍이 되고 여백의 미가 생긴다. 식물들도 너무 빽빽하게 자라다 보면 해충이 생기기도 하고 햇빛을 받지 못하는 잎이 누렇게 말라 떨어진다. 가드너의 수집욕과 관리의 어려움은 비례한다. 세상에 공짜가 없는 것처럼 식물에게 받는 것이 있다면 가드너도 그만큼의 돌봄노동을 제공해야 하는 것이다.

주변에 식물을 키우기 시작하는 이들에게 내가 자주 하는 말이 있다. "키우는 식물이 죽어도 너무 슬퍼하지 말자!"라고. 이렇게 이야기하는 이유는 우리가 행복하자고 시작한 가드닝에서 스트레스 받지 말자는 의미다. 어떤 일에든 뒤처리는 필요하지만 우리의 마음가짐에 따라서 식물이 있는 곳을 청소하는 것은 즐거움이 될 수도 힘든 노동이 될 수도 있다. 디즈니 만화 〈이상한 나라의 앨리스〉에 나오는 대사 중 내가 좋아하는 것이 있다.

"내 기분은 내가 정해! 오늘 나는 '행복'으로 할래."

세상엔 내 마음대로 할 수 있는 것이 흔치 않지만 내 기분은 나의 것이므로. 사실 청소를 힘든 일로 만든 것도 내 마음이었다. SNS 속 아름다운 공간들과 내 공간을 비교하며 압박감을 느낀 것이다. 돌아보면 진정 내 마음을 돌보며 식물 키우기를 즐길 때는 자연스럽게 청소를 하고 있는 나를 발견할 수 있었다. 콤플렉스는 자기자신이 만든 것이 가장 많다. 자기로부터의 혁명은 스스로를 놓아주는 동시에 일어난다고 믿는다.

나눌수록
커지는
식물의 사랑

온라인으로 다른 사람들의 식물을 구경하며 알게
된 점은 식물계정을 가진 분들은 유독 '나눔'을 자주 한
다는 사실이다. 처음엔 식물 선물을 주고받는 그들의 가
까운 사이를 마냥 부러워했다. 곧 나도 큰 나눔과 사랑을
받게 될 거란 것을 모른 채. 식물 중에는 이파리 한 장만
물에 꽂아놔도 번식을 할 수 있는 것들이 많다. 식물의
건강을 위해 가지치기를 하면 수북하게 쌓이는 잎과 가
지가 선물이 될 수 있으니 이 얼마나 좋은가.

베고니아가 그런 종류 중의 하나인데 베고니아를
좋아하는 식물덕후들끼리 만나면 독특한 나눔이 일어난
다. 수태라는 이끼를 적셔서 깔고 그 위에 알록달록한 온
갖 베고니아 잎을 꽂은 플라스틱 통을 서로 교환하는 것
이다. 그 모양이 마치 예쁜 도시락 같아서 '고니도시락'

이라고도 부른다. 나도 식물로 인해 알게 된 친구들이 하나둘씩 늘면서 서로 갖고 있는 식물을 나누게 되었다. 그리고 그 결과 어느새 우리 집의 식물은 50개에서 100개, 100개에서 200개로 금세 늘어났다(물론 식물 쇼핑도 꾸준히 한다).

하루는 종일 일이 꼬이고 기분이 바닥을 치던 날이 있었다. '딩동' 초인종이 울리더니 갑자기 내가 시키지 않은 택배가 왔다. 무엇일까 궁금했는데 수신자 이름에 분명히 신시아라고 되어 있고 보낸 사람란에는 본명으로 쓰여 있어서 못 알아본 온라인 풀친구 잡덕 님의 이름이 있었다. 나보다 한참 어리지만 식물의 세계에는 훨씬 일찍 발을 디딘 분이다. 내가 얼마 전 가지치기해서 나눔했던 수박페페로미아 잎 두 장을 풍성하게 만들곤 너무 행복하다며 깜짝 선물을 보내온 것이다.

상자를 열자마자 너무 놀랐다. 그렇게 예쁜 소포는 처음 받아봤기 때문이다. 상자는 부드러운 빨간 종이 완충재로 가득 차 있었는데, 그 사이에는 아기자기한 그림 엽서와 스티커, 그날의 기분을 색칠하는 무드트래커, 나에게 없는 식물들, 귀여운 글씨로 써내려간 편지가 있었다. 그 선물을 받고 기분이 말도 안 되게 좋아졌다. 안 좋은 생각들은 모두 사라졌다.

알고 보니 잡덕 님은 애니메이션을 전공하고, 다시 대학원에서 순수미술을 공부하고, 전시회를 열고, 자신의 그림으로 굿즈까지 만드는 능력자였다. 잡덕 님의 필명은 '렌시캔디'인데 그 이름처럼 달콤한 그림들을 그린다. 기분이 과도하게 좋아져서 충격받았던 언박싱의 기억으로, 이후 렌시캔디의 제품을 대량 구매해 나도 그 포장법을 나름대로 따라하고 있다. 내 식물을 받는 분들도 달콤한 기분을 느끼기를 바랐다. 어떤 분은 그림엽서가 들어 있는 내 식물 택배를 받고 렌시캔디의 그림에 반해 가격이 꽤 높은 원화를 구매하기도 했다.

잡덕 님 작품에는 초록 식물과 요정이 가득하다. 그 요정들은 실제 풀친구들을 모델로 한 것이고 그림에는 그들의 식물이 나오기도 한다. 한 그루의 커다란 나무에 가지마다 요정들의 공간이 있고 그 속에는 그들이 키우는 식물이 있다. 식물덕후 동네를 요정 세계로 그린 것이 너무나 사랑스럽고 그림도 솜사탕처럼 달콤하다. 선한 마음을 가진 사람의 그림이라 그런지 첫눈에 기분이 부드러워졌다.

〈Sleep in the Hope〉ⓒ김화영

잡덕 님이 식물 나눔을 워낙 많이 해서 온라인 식물계에서 활동하는 분들이 가진 콜레우스나 페페 종류는 잡덕 님의 모체에서 나온 것이 많다. 나눔받은 분들이 식물을 키워서 또 나눔하고 나눔하다 보면 피라미드처럼 한 사람의 식물이 여러 집에 뿌려지게 된다. 나눔의 피라미드인 셈이다.

은혜로운 식물계에선 "어떤 식물을 갖고 싶다!"라는 말을 들으면 그 식물을 갖고 있는 분들이 선뜻 나눠주는 경우가 꽤 많다. 나의 유튜브 구독자 중 한 분인 영란 님도 그랬다. 영란 님은 베고니아와 필로덴드론 종류를 모으고 있는데 그 분이 나눠주신 베고니아가 꽤 많아서 나의 식물유치원에는 영란 님표가 대부분이다. 나눔한 식물이 자라는 걸 유튜브로 꾸준히 볼 수 있어서 끝없이 나눠주시는 것일까? 나도 내가 나눔한 작은 삽수(물이나 흙에 꽂아 뿌리를 내리는 번식개체)를 커다란 나무로 만든 분을 보면 내가 키운 것도 아닌데 뿌듯하다. 작은 잎 하나도 버리지 않고 나눠 커다란 식물로 만드는 식물덕후들을 보면 이 세상이 더 따뜻하게 느껴진다.

서로 식물을 선물하다 보면 누가 먼저 선물한지도

잊고 받은 것만 기억하게 되는데 이는 끝없는 부채감이 되기도 한다. 못 받아서 아쉬운 것이 아닌 못 줘서 안달이 나는 식물 세계의 분위기라니. "이 흙 궁금해서 사봤는데 새로운 브랜드니까 한번 써봐요"라며 흙까지 챙겨주는 사람이 있는가 하면, 아버지가 쌀농사를 지어서 쌀이 너무 많다며 보내주는 분까지 있어 식물 판의 훈훈함은 끝이 없다. 식물을 선물하는 것은 그동안 공들인 시간을 선물하는 것과 같다. 그들의 시간을 선물 받은 만큼 내 식물생활은 매일 매일 더 풍요로워진다. 그리고 나는 선물 받은 시간을 확장시켜 또 나눔을 하기 위해 오늘도 식물에 물을 주고 햇빛으로 화분을 옮긴다.

3장

누구의
마음에나
작은 식물이
필요하다

기다리다

식물을 좋아하는 이라면
햇빛이 잘 드는 자리를 따라
화분을 옮겨본 적이 있을 것이다.

식태기를
아시나요?

    매일 아침 베란다에 나가 흙이 바짝 마른 화분들에 물을 준다. 베란다걸이에서 햇빛을 담뿍 받고 있는 핑크색 소코라코와 꽃대를 만들고 있는 다양한 색상의 제라늄들, 진한 와인색의 초코리프, 새하얗고 부드러운 털로 덮인 국화 백야국은 하루만 지나도 흙이 모래처럼 말라 있다. 햇빛을 직접 보고 바람 맞는 것을 좋아하는 식물들이다. 실내에서와는 달리 야외에서 식물을 키우면 물 마름이 빠르기 때문에 여름에는 물론 봄, 가을에도 매일 물을 줘야할 때가 많다. 식물에 물 주는 걸 좋아하는 나는 이 작업이 매우 즐겁다. 하지만 화분들을 모두 안으로 가져와 물을 주고 다시 내놓는 일은 꽤 많은 힘이 든다. 허리가 시큰거릴 때마다 베란다걸이를 괜히 만들었다는 생각도 하지만, 그래도 바깥에서 키우면 제라늄은 꽃을 훨

썬 자주 만들고 그 키우기 어려운 초코리프도 아름다운 와인색이 된다.

베란다걸이의 식물들뿐인가. 식물을 많이 키우다 보니 그들의 뒤치다꺼리가 엄청나다. 그래서인지 '식물 집사'라는 말도 생겨났다. 기본적인 분갈이와 청소, 물시중부터 식물의 건강 및 미모 관리까지 집사는 해내야만 한다. 베란다에 있는 식물들은 한 달에 한 번 모두 꺼낸 후 원목 데크를 들어내고 타일 바닥부터 창틀, 화분까지 닦아줘야 청결이 유지되고 겨우 볼만하다. 또 식물의 하엽을 잘라내는 일도 매일 해야 한다. 하엽을 없애는 일은 식물의 건강에도 영향을 미친다. 식물은 자연스럽게 줄기 아래쪽에 잎을 누렇게 말려 떨어뜨릴 때가 있는데 그런 하엽은 잘라내야 본체의 에너지를 아낄 수 있다. 그리고 무엇보다 그 작업을 해야 내가 키우는 식물들이 아름다운 모습을 유지할 수 있다. 누가 이 많은 노동을 시켰는가? 아니다. 전부 내가 좋아서 하는 일이다. 그래서 징징거릴 수도 없다.

그럼에도 불구하고 사람은 어떤 것도 온전히 100 퍼센트 사랑할 수는 없다. 내게 식물도 그렇다. 이럴 때 생각나는 단어가 있는데 그건 바로 '식태기', 즉 식물과의 권태기다. 식물에 대한 사랑이 버거움으로 살짝 아리송할 때, 내가 이 고생을 왜 사서 할까 싶은 마음이 들 때가 있다. 그러다 이내 '나는 늦었다', '헤어 나올 수 없는 곳에 발을 들이고야 말았다'라는 생각도 든다.

내가 살아 있는 생명을 몇백 개씩 우리 집에 들여놓았다는 사실을 직면하면 나는 그 책임감에 어느 순간 녹초가 된다. 적당한 때를 알고 그 정도를 조절하는 능력은 매번 아름다운 새 식물들을 볼 때마다 무너졌다. 세상엔 왜 이렇게 예쁜 식물들이 많은지! 특히 희귀한 수입식물의 경우 보일 때 안 사면 앞으로 가격이 얼마나 오를지 모르고 구하기가 더 어려워질 수도 있어 일단 사게 됐다. 그냥 지나쳤다가 나중에 그 식물이 갖고 싶어서 꿈에 나올 정도로 상사병이 난 적이 여러 번이었으니까. 이 식물이 진짜 마지막이라며 업고 오다 정신을 차려보면 어느새 우리 집은 정글이 되어 있었다.

내 유튜브 채널에서 광고수입이 나오기 시작하면서 노력에 대한 보상이 생겼다고 생각했는데, 오히려 보상이 생기니 그것이 취미가 아니고 '일'이 되기도 했다. 어느 날 갑자기 사랑스럽던 식물이 버겁게 느껴진다면 그

건 식물 집사가 일로 바쁘다는 뜻일 거다. 일이 바빠져 식물 돌보기를 조금만 게을리하게 되면 어느새 식물은 바로 시들해진다. 그리고 그런 식물을 본 집사는 마음처럼 되지 않는 모습에 또 화가 난다. 그러다 이 악순환이 끊어지는 순간이 오는데, 그건 바로 '새잎이 나오는 때'다.

　　내게는 화분이 많다 보니 시들한 모습을 한 식물이 있는가 하면 또 어떤 식물은 정성껏 돌봐주지 않았는데도 참기름을 바른 듯 반짝반짝하고 여린 새잎을 내준다. 식물은 새잎이 나올 때 제일 아름답고 집사를 뿌듯하게 한다. 내가 해준 일이라곤 겨우 죽지 말라고 수돗물 좀 준 것뿐인데 말이다. 생각보다 생명은 강인하다. 한동안 내가 바쁘고 힘이 없어 돌봐주지 못했어도 식물들은 나름의 생명력을 과시하며 새로운 잎을 내준 것이다.

"살놈살 죽놈죽"

　　식덕들이 자주 쓰는 말이다. 살 놈은 살고 죽을 놈은 죽는다. 내게 이 말은 식태기가 오고 체력이 바닥을 쳐서 결국 식물이 죽었을 때 가장 위로가 되는 말이었다. '죽을 놈은 가라, 나는 산 놈을 데리고 간다'라고 혼잣말을 하며 남은 놈들에게 그만큼의 정성을 더 부어줬다. 어차피 내가 즐겁자고 시작한 일이다. 이 일로 스트레스를 받는다면 그것만큼 잘못된 일이 있을까. 이렇게 다시 원점으로 돌아와 나의 식물생활을 점검하는 때가 식태기다.

'성격이 팔자'라는 말을 어디선가 들었을 때 이보다 인생을 잘 표현한 말이 있을까 싶었다. 취미로 시작한 가드닝도 식물 집사의 성격에 따라 걱정이 앞서고 힘든 일로 전락할 수 있다. 그래서 식태기가 올 때마다 나는 생각의 방향을 바꾸려고 한다. 생각해보면 감정도 습관이다. 불만을 내뱉기보단 감사한 일을 하나 더 찾는 좋은 습관을 기르고 싶다. 식태기가 왔을 때 나는, 새잎 하나에도 감사하고 조금 게을리 돌봐도 죽지 않는 예쁜 식물이 많이 남아 있다는 사실을 되새긴다. 그렇게 하니 가드닝의 재미를 다시 찾는 건 시간 문제였다.

비단 식태기뿐만 아니라 무슨 일에든 부정적인 생각이 들기 시작하면 쉴 때가 되었다는 의미로 받아들이면 된다. 심지어 '왜 나는 모든 일에 부정적일까?'라는 생각까지 든다면 스스로 자기학대 중이라는 걸 깨달아야 한다. 몸이 쉬라는 신호를 보내오는 것을 그저 자신의 게으름으로 치부하는 것이기 때문이다. 식물 집사에게도 휴식기가 필요하다. 낙관적인 성격은 환경이 만드는 일

이기도 하다. 베란다걸이에서 그렇게 순하게 자라던 초
코리프도 빛이 부족한 실내에 들어오면 최고 난이도의
식물로 변한다. 만약 어떤 식물 집사가 최고 난이도의 인
간이 되었다면 환경을 바꿔주는 것을 추천한다.

성공한 덕후,
TV에 나오다

결혼을 할 즈음 우연히 8시 뉴스에서 혼수 준비 중인 부부로 인터뷰를 한 적이 있다. 그때 우리 부부의 인터뷰 장면을 온 가족이 모여 함께 봤는데 양가 부모님께서 매우 재밌어하셨다. 언젠가부터 지상파 방송은 조금씩 힘을 잃고 있지만 부모님 세대에게 TV란 큰 의미가 있어보였다. 여전히 방송의 힘은 막강하다. 예전에 재미로 '퇴사하고 해보고 싶은 일들' 리스트를 써보았는데 그중 하나가 '방송 해보기'였다. 뉴스 인터뷰 외엔 내 이름으로 방송에 나가본 적이 없어 한 번쯤은 경험해보고 싶었다. 그때만 해도 내가 식물을 주제로 방송에 출연할거라곤 상상도 못 했다.

많은 이들이 어느 정도 커리어를 쌓고 유명해지면 순차적으로 하는 일이 방송 아닌가. 출판 커리어 다음에 기다리고 있는 일이 뭐가 될지도 모른 채, 언젠가의 내 새로운 커리어가 더 많은 이들에게 알려지기를 바라면서 썼던 리스트다. 그리고 그때 썼던 목록 중 반 이상이 퇴사 후 2년 뒤에 거의 이루어지고 있었다.

　유튜브 채널을 운영한 지 1년 정도 되던 때, 방송국 아침 프로그램 작가님으로부터 메일이 왔다. 식물을 많이 키우는 집들을 시리즈로 다루고 있는데 우리 집을 취재하고 싶다는 내용이었다. 희귀식물도 많고 식물로 개인방송까지 하고 있는 내 존재가 궁금하셨던 것 같다. 회사를 다니며 심신이 지쳐 있던 내가 식물을 키우고 점차 치유 받았다는 말에 공감한다고도 했다. 방송국 작가님과 통화를 하고서 출연하기로 결정했다.
　막방 방송이 결정되자 촬영 때 긴장될지도 모르겠다는 걱정보다는 빨리 집을 치워야겠다는 생각부터 들었다. 한바탕 가드닝을 마친 베란다와 거실은 흙바닥 그 자체였고 토분 겉면에는 초록 이끼가 가득했으니까. 유튜브 촬영은 내가 직접 하니 청소하지 않은 곳은 식물만 클로즈업하면 그만이었다. 하지만 이번엔 촬영감독님이 풀샷을 찍어야 했다. 그것도 우리 집 전체를!

출연을 하기로 결정한 날, 개인방송에서 라이브를 켰다. "여러분 베란다 청소 어디부터 해야 할지 모르겠어요!" 마음먹고 청소할 '방송을 위한 집'과 '식물 세팅'을 위한 구독자들과의 회의가 열렸다. 그리고 청소에 관한 이 내용은 많은 구독자들의 공감을 받았다. 대부분 가드너들의 집은 흙바닥에 하엽이 뒹구는 모습일 거다. 하지만 방송에 나오는 집 중 어디 그런 집이 있는가. 나는 유튜브 구독자들에게 평소에 이런 모습이라며 지저분한 베란다를 그대로 보여줬고, 이제 이 베란다는 가식적으로 깔끔하고 멋지게 변신할 것이라고 장담했다. 그리고 방송 전에 급하게 다이어트도 할 것이라 농담도 덧붙였다. 어쨌든 할 일이 너무 많았다.

결국은 방송 전날까지 청소를 미루다가 어쩔 수 없이 대청소를 시작했다. 나는 청소가 느린 편인데 식물이 있는 곳은 한참 식물을 살펴보다 더 느려진다. 하나같이 어쩜 이렇게 아름다운지! 가까이서 관찰할수록 나의 식물들은 더 예쁘고 귀여웠다. 그렇게 밤까지 어마어마한 대청소를 마친 후 다음날 드디어 방송 팀이 촬영을 하러 왔다.

우리 집에 도착한 피디님은 살짝 당황하는 기색이

었다. 유튜브에서 봤던 것과 달리 너무 식물이 없다는 이
야기였다.

"네? 피디님, 저희 집 화분이 300개가 넘는데요?"
"제가 취재했던 집들은 숲속 같은 곳이 많았거든요."
"하하하……. 클로즈업해주세요. 제 식물은 클로
즈업해야 더 아름답습니다."

하나하나 희귀식물과 열대 관엽들을 소개하고, 우
리 집 어린이와 함께 분갈이하는 모습도 찍고, 인터뷰도
했다. 10분 남짓 나가는 방송이었는데 그날 쉬지 않고 5
시간을 촬영했다. 방송국에서 일하는 분들의 노고를 내
가 너무 몰랐구나 싶었다. 이 긴 영상을 편집하려면 또
얼마나 고생하실까 걱정하며 그날 촬영을 마쳤다.

대망의 방영일, 가슴을 졸이며 방송을 보았다. 아
침 프로그램의 진행자들이 나를 소개했고 드디어 우리
집이 화면에 나왔다. '아이고, 내 머리 왜 저래?' 전날 밤
까지 식물들을 돌보며 청소하고, 당일 힘들게 촬영하고
설명하느라 내 모습은 정말 엉망이었다. 식물 집사의 외
모가 중요한 건 아니지만 시청률도 꽤 나오는 프로그램
인데 창피했다. 결국은 '그래, 식물이 중요하지' 하며 겨

우 나를 다독이고 방송 시청을 마쳤다.

이후 내 유튜브 채널에는 그 방송을 보고 구독했다는 분들의 댓글이 이어졌다. 아직 텔레비전의 시대가 끝나지는 않았구나 싶었다. 나의 버킷리스트 중 하나이기도 했던 방송 출연은, 그렇게 떡진 앞머리와 식물이 많지 않다는 피디님의 멘트로 기억에 남았다. 그날 온라인의 식덕 친구들에게 나는 증언했다. "여러분, 방송국에서 저희 집 화분 수가 모자르다네요. 식물을 더 늘려야겠어요. 아싸!" 많은 식물덕후 친구들이 이 말에 환호했다. 계속해서 온라인으로 나의 새 식물을 구경할 수 있게 되었으니 말이다.

그 뒤로도 한 번 더 아침 방송 프로그램에 나갔는데, 그때도 너무 많은 시간과 노력이 들어서 이제 방송 제안이 들어와도 절대 하지 않겠다고 가족들에게 선언했다. 하지만 나는 안다. 또 그런 제안이 온다면 내가 하고야 말 것을. 방송 같은 일은 항상 비슷하기만 한 내 일상 속 재밌는 이벤트가 되기 때문이다.

식물을 기르고 유튜브를 시작한 덕에 생각지도 못했던 방송 출연을 하게 되었다. 그리고 이 방송은 또 다른 일들을 줄줄이 물고 왔다. 신기하고 놀라운 일들이 연속적으로 일어났다. 이 모든 것들은 내가 식물을 키웠기에 일어난 일이다. 식물은 내가 퇴사하고 쓴 버킷리스트의 항목을 지워나갔다. '유튜브 시작하기'와 '방송 해보기'가 이뤄진 것이다. 앞으로는 식물과 함께하는 일상에 또 어떤 재미있는 일들이 생길지 기대된다.

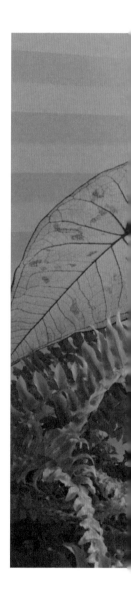

나이든 사람만
식물을 키우는 건
아닙니다

방송국에서 우리 집을 취재하고 싶다고 연락이 온 날 나는 작가님과 통화하며 충격적인 호칭을 들었다. "어머님, 시간은 언제가 좋으세요?"

기분이 쿵 내려앉았다. '아이고, 어머님이라니요!' 작가님은 물론 배려하는 마음으로 그 호칭을 사용한 것이었겠지만 난 심란해졌다. 혹시 내가 식물을 키우고 있어서 더 나이 들어 보이는 것일까? '어머님'은 주로 중장년층에게 쓰이는 호칭이지만 결혼해도 아이가 없거나 싱글이 늘어나는 요즘, 과연 이 호칭을 듣고 유쾌할 이가얼마나 있을지 모르겠다. 식물 키우기가 주로 어머니들의 취미라서 그런 것은 아닐까? 별별 생각이 다 들기 시작했다.

내 머릿속에서는 항변하듯 이런 말들이 떠올랐다.

"식물 키우기는 밀레니얼 세대의 세계적인 트렌드입니다!"

"식물 관련 해시태그만 보더라도 2∼30대 식물덕후가 많이 늘어났다는 걸 알 수 있다고요!"

"이 취미를 나이 많은 이들의 전유물이라고 생각한다면 그건 판단 오류입니다!"

하지만 내가 좋아하는 일이 중년의 문화가 아니라고 딱 잘라 말하는 것도 노화에 대한 두려움이라 인정할 수밖에 없었다. 나도 나이를 잊고 살다가 문득 그 숫자에 깜짝 놀랄 때가 많다. 늙어가는 것이 두려운 이유는 사회가 노인들을 대하는 태도를 알고 있어서다. 나는 내 취미 때문에 늙어 보이기 싫었다.

예전에는 SNS에 식물 사진을 올리면 "이제 너도 나이가 들었구나!"라는 댓글이 달렸다. 마치 '우리 엄마' 같다며. 사실 우리 엄마는 식물을 키우시지 않았다. 햇빛이 잘 드는 집에 살았을 때도 창가에서 식물을 키운 건 나였지 엄마가 아니었다. 얼마 전 하얀 호접란을 키우다가 너무 예뻐서 문득 우울증으로 힘들어하는 엄마가 생각났다. 식물을 키우는 경험이 정신적으로 얼마나 좋은지 아는 나는 엄마에게도 이 아름다움과 행복을 선물하고 싶었다.

호접란의 잎은 마치 코팅한 것처럼 윤기나는 짙은 초록색이다. 신엽이 나오는 걸 보는 것도 즐겁지만, 추운 겨울을 지내고 새로 올라온 꽃대에 퐁퐁 꽃이 터지는 건 더욱 감동적이다. 한 해 꽃을 보고 잘 키우면 다음 해에 다시 꽃을 볼 수도 있다. 그 놀라운 성취감을 엄마도 느낄 수 있었으면 했다. 그런 생각이 들자마자 바로 호접란을 사와 키우기 쉬운 수경재배 방식으로 바꿨다. 예쁜 유리병에 물을 담고 뿌리를 고정시켜 싱싱한 분홍색 꽃이 핀 호접란을 엄마에게 드렸다.

그러나 한 달 뒤, 아쉽게도 호접란은 죽고 유리병만 다시 나에게 돌아왔다. 호접란은 햇빛이 많이 필요하지 않을 거라고 생각해서 빛이 거의 들지 않는 엄마네 집에서도 키우는 게 가능할 거라 짐작했다. 엄마는 꽃은 오래 봐서 좋았다고 했지만 막상 빈 화병을 보니 새삼 엄마네 집 코앞에 들어선 건물들이 미워졌다. 새잎이 나오는 성취감까지 선물하고 싶었는데 그러지 못했으니까. 다음엔 빛이 더 없어도 잘 자라는 몬스테라 화분을 주고 싶어졌다. 햇빛을 대신할 식물등 램프와 스탠드도 함께.

엄마가 식물에 정을 주지 않는 이유가 뭘까 곰곰이 고민해봤다. 그러고 보니 엄마가 무엇을 좋아하는지 생각해본 적도 별로 없다는 사실을 깨달았다. 옛날 음악을 틀어 놓고 살림을 정리하던 모습만 떠오를 뿐이었다. 나도 뚜렷한 취미가 없던 날들이 있었다. 무언가에 골몰하는 취미를 가진 이들을 보면 알 수 없는 샘이 났다. 그 몰입과 열정이 부러워서였다.

하지만 이런 나도 식물을 키우고 그 매력에 풍덩 빠지면서 몰입의 기쁨을 알았다. 엄마에게도 분명 이런 기쁨을 주는 것이 있을 것 같았다. 엄마가 좋아하는 게 뭘까 한참을 고민하다가 드디어 엄마의 진정한 취미를 찾아냈다. 그건 바로 '게임'이었다. 엄마는 테트리스를 마지막 판까지 깨는 사람이었다. 나이든 사람이 게임을 즐기는 것도 누군가의 눈에는 의외로 비칠 것이다. 한 세대가 특정한 활동을 좋아한다고 단정해버리면 그때부터 생각의 출발점이 달라지니까.

내 취미가 나이든 사람들이 주로 좋아하는 활동이면 어떤가. 내가 행복하면 그걸로 그만이다. 즐겁자고 하는 일인데 군이 트렌디하고 젊어 보이기까지 해야 할 이유는 없다. 확실히 누군가가 나를 어머님이라고 부르는 건 뒷골이 서늘해지는 경험이기는 했다. '타인에게 어머님이라고 부르지 않기' 캠페인이라도 벌이고 싶을 정도였으니까. 하지만 '어머님'이라는 호칭이 달갑지 않은 건 그저 부정적인 내 인식 탓일지도 모른다. 스스로 노화에 대한 부정적인 이미지를 버려야 한다는 것을 알고 있다. 그래야 나도 앞으로의 삶이 기대로 가득할 테니 말이다.

퓨전화이트와
촉촉한
나의 공간

가끔 내가 칼라데아 같은 인간이라고 생각했다. 저녁에 수분크림을 치덕치덕 바를 때마다 칼라데아 같은 내 피부에 촉촉한 정글이 필요하다고 느꼈다.

햇빛이 부족하고 공중습도가 낮으면 잎이 갈색으로 마르는 까다로운 식물이 있다. '칼라데아'라는 속의 식물이 그렇다. 동그랗고 넓은 잎에 다양한 색과 무늬가 있고 100여 종이 존재한다. 열대 정글이 고향인 칼라데아 종류 중 하나가 나의 '첫사랑'인 칼라데아 퓨전화이트다.

퓨전화이트의 사진을 보자마자 나는 깊은 사랑에 빠졌다. 퓨화(식물덕후들은 줄여서 퓨화라고 부른다)는 노란 기운이 전혀 없는 새하얀 유화물감을 초록색 잎에 섬세한 붓으로 칠해놓은 듯한 무늬를 가졌다. 새로 나는 잎은 동그랗게 말아놓은 종이처럼 올라오는데 잎 뒷면이 보라색이라 흰색, 초록색, 보라색이 어우러져 하나의 화려한 꽃송이처럼 보인다.

키우는 난이도는 높다. 칼라데아 중에서도 특히 퓨전화이트가 까다롭기로 유명한데, 키우기도 어려울뿐더러 예전에는 구하기도 쉽지 않았다. 운이 좋은 건지 나쁜 건지 어느 날 나는 아무것도 모르는 채 덜컥 퓨전화이트를 온라인으로 구매하는 데 성공해버렸다. 몇 년 전만해도 나는 퓨전화이트를 구하기 위해 여기저기 농장도 돌아다녀 보고 온라인 커뮤니티에도 키워드 등록을 해두며 만날 기회가 오기만을 기다렸다. 그러던 중 퓨화를 수입한 한 농장을 통해 겨우 그 로망을 품게 된 것이다.

그러나 집에 도착한 퓨전화이트는 생각보다 더 어린 유묘였고, 작은 아기 뿌리를 가지고 있었다. 안 그래도 까다로운 식물인데 유묘이기까지 하면 키우기가 더 어려워서 이런 식물은 애지중지 키워야 겨우 죽이지 않을 수 있다.

그때부터 나는 우리 집 습도 올리기에 혈안이 되었다. 칼라데아 퓨전화이트는 공중습도가 높아야 잎이 마르지 않고 예쁘게 자라는데 그 당시 우리 집 습도는 40퍼센트가 채 되지 않았다. 식물을 많이 키우지 않았던 그때는, 아무리 좋은 가습기를 사서 여기저기 틀어놔도 겨울이면 건조해서 코가 막혔고 악건성인 피부가 찢어질 듯 당겼다. 그 환경을 바꿔보려고 일부러 이불도 자주 세탁해서 거실에 널고, 물을 끓여보기도 하고, 수건에 물을 적셔 널어두기도 했었다. 퓨전화이트 근처에 매일 분무기로 물을 뿌려주고 밤에도 높은 습도에서 있게 해주려고 커다란 김치 통에 넣어두기까지 했지만 별 소용이 없었다.

매일 정성으로 돌봤음에도 퓨전화이트는 결국 초록별로 가버렸다. 지금 와서 생각해보면 당시 너무 열심히 물을 분무해줘서 과습으로 죽었던 것 같다. 그렇게 퓨전화이트를 보내고 본격적으로 식물 키우는 법에 대한 책을 보기 시작했다. 책에는 실내에서 식물을 건강하게 키우려면 적당한 습도가 필요하니 식물들을 한데 모아 키우라는 조언이 있었다. 식물은 잎 뒷면에서 수분을 뿜어내기 때문에 모아두면 주변의 습도가 높아져 서로의 잎에 수분을 공급할 수 있다는 이야기였다.

식물 책을 읽으며 모으기 시작한 식물이 50개가 넘어갈 무렵이었다. 비염이 있던 우리 집 어린이는 겨울이 되면 밤마다 코가 막혀 괴로워했다. 그래서 수분을 많

이 내뿜는다는 아레카야자와 보스턴고사리, 비염에 좋
다는 유칼립투스 등 온갖 화분들을 안방으로 들여놓았
었다. 안방에서 햇빛이 잘 드는 곳에 화분을 배치해 물
을 주고 온습도계를 무심히 보던 나는 깜짝 놀라고 말았
다. 40퍼센트였던 안방의 습도가 화분을 들여놓고 60퍼
센트로 올라가는 장면을 봤기 때문이다! 물을 주고 나서
해가 비쳤기 때문에 그런 드라마틱한 변화가 있었겠지만
습도를 올리려고 온갖 시도를 해본 내게는 엄청난 충격
이었다.

우리 집에 화분이 100개가 넘고 나서는 퓨전화이트뿐만 아니라 그보다 더 까다로운 식물도 잎이 마르지 않았다. 식물이 많아지면서 자연스럽게 집 안 습도가 50~60퍼센트에 맞춰졌기 때문이다. 사실은 식물이 까다로운 게 아니라 환경이 맞지 않았던 것이다.

이후 식물에 대한 경험과 지식이 더 쌓이면서는 칼라데아 잎이 마르지 않게 하려면 습도보다 햇빛이 더 중요하다는 걸 알게 되었다. 증산작용으로 잎에서 수분을 내뿜게 하려면 온도가 맞아야 하고 무엇보다 햇빛으로 광합성을 해야 한다. 해가 없는 곳에서는 식물이 많아도 습도가 쉽게 오르지 않는다.

식물을 키우며 습도나 온도와 씨름하던 시절 문득 이런 생각이 들었다. 스스로가 너무 예민한 사람이라는 생각이 들 때, 자신의 체질을 탓하기보다 환경을 바꿔보는 것은 어떨까 하고. 내 안에서 문제를 찾기보다 주변을 바꾸는 방법이 때로는 좋은 결과를 가져올 수도 있다고 말이다. 퓨전화이트에게 이웃 식물과 햇빛이 필요했던 것처럼.

무기력의
반대말은
가드닝

　　한때 서점에 가면 무기력한 기분을 없애주고 의욕을 고취시켜주는 책을 찾았다. 주말이면 넋 놓고 시간만 흘려보내는 것이 아까웠기 때문이다. 나는 무슨 일을 하나 해내려면 준비 시간이 꽤 많이 필요한 편이다. 어릴 때부터 행동이 느리다는 이야기를 많이 들었다. 가족들도 친구들도 나를 '천하태평'이라고 불렀다. 하지만 겉으로는 느긋해 보일지라도 내 안에는 많은 생각들이 있었고 그것을 느리더라도 언젠가는 꼭 이뤄내곤 했다. 느리면 어떤가 어쨌든 해내면 된다. 하지만 그 시간을 조금씩 더 줄여가기 위해 나는 자기계발서 같은 책들을 마약처럼 읽었다. 일을 잘하게 해주고 빨리 할 수 있는 법을 알려주는 책을 읽으면 갑자기 내 마음의 속도계가 부릉부릉 올라갔다.

한참 회사를 다니며 체력이 좋았을 때는 자기계발서의 힘으로, 또 주변의 잘나가는 이들의 자극으로 나를 계속 몰아붙였다. 그건 내 속도가 아닌 세상의 속도였다. 내게 느리다고 하는 이들의 수준에 맞추고 싶었다. 그렇게 10년을 살아온 결과는 망가진 신장과 늘어난 체중이었다. 얻은 것에는 부장이라는 직급과 높은 연봉도 있었지만 평생 써야 하는 몸이 망가지면 그런 게 다 무슨 소용이겠는가. 당시 '식물맹*'이었던 나는 각성제를 복용하듯 자기계발서를 신나게 읽었고 그 효과를 보기도 했지만 그보다 덜 자극적이면서 나를 일어설 수 있게 하는 무언가가 필요했다.

건강 문제로 퇴사한 후 집에서 식물을 키우며 나는 가드닝에서 그 해답을 찾았다. 비록 아파트라는 한정적인 공간에서 하는 실내 가드닝이지만 생활과 가장 가까운 곳에서 식물과 흙을 느낄 수 있어 더 효과적이었다. 내가 사온 식물이 '생명'이라는 것을 인지하자 그 책임감은 나를 절로 움직이게 했다. 아침이 되면 해가 더 강해

* 이탈리아의 식물학자 레나토 브루니Renato Bruni가 사용한 단어로 '식물의 중요성을 인지하지 못하거나 동물에 비해 무시하는 경향'을 뜻함.

지기 전에 많은 반려식물에게 물을 대령해야 하는 식물 집사는 자연스럽게 일찍 눈이 떠졌고 식물 외의 일에도 활력을 얻게 되었다. 식물을 죽이지 않기 위해 공부하고 조사하고 물을 주고 청소함으로써 나는 활기차게 살아갈 의욕과 건강을 선물 받았다. 그리고 내 노력에 식물은 아름다운 자태로 답해주었다.

키우는 식물의 수가 많아지면서 그 책임감은 다소 부담으로도 다가왔지만 언제나 난 새로운 식물에 목말랐다. 신경을 써줄수록 집에서 자연의 싱그러움을 얻을 수 있는 기회가 주어지니 끝없이 새로운 식물을 만나고 싶었다. 식물을 향한 이런 열망은 무기력을 떨치는 데 큰 도움을 줬다.

소파에 누워 아무것도 하기 싫을 때는 자연스럽게 식물이 모여 있는 선반으로 눈길이 간다. 그러면 분명 처지거나 노랗게 변해 잘라주고 싶은 하엽이 눈에 띄고, 화분에 생긴 곰팡이도 닦고 싶어진다. 저녁을 먹고 한없이 몸이 처지는 시간에도 식물존을 보면 어느새 그곳으로 가서 사부작사부작 이파리들을 만지고 있다. 그러다 보면 지하로 하강하는 것 같던 기분도 다시금 지상의 거실 정원으로 올라오곤 했다. 화분을 닦고 하엽을 정리해준

반짝이는 레드스팟 싱고니움을 보면 가족들
에게 더 다정하게 이야기를 건네게 되었다.
그렇게 거실 정원은 내가 스스로 운영하는
마음 치료소가 되었다.

　　라틴어로 '진실'의 반대말은 '거짓'
이 아니라 '망각'이라고 한다. 우리는 인간
이 식물에 둘러싸여 있으며 그들이 없으면
생존조차 할 수 없는 생명체라는 사실을 자
주 '잊고' 산다. 실내에서 식물과 함께 살고
자 하는 일은 그 진실을 깨우치는 것만큼 쉽
지 않다. 그럼에도 불구하고 우리는 식물을
가까이에서 느끼기 위해 집 안에서 가드닝을
한다. 인간에게 가드닝이란 진실이라는 각성
제를 선물 받는 일이니까.

클라리네비움에
농약을
뿌린 날

'안스리움 클라리네비움'은 내가 특히 아끼는 식물로 깊고 진한 초록색의 하트 모양 잎을 가졌다. 날씨가 좋으면 한 달에 한 번씩 벨벳 재질의 새잎을 내줘서 나를 미소 짓게 해준다. 클라리네비움의 신엽은 갈색으로 올라와 점점 자랄수록 초록색으로 변해가는데, 어느 날은 평소처럼 물을 주며 잎을 살펴보다 희미하게 하얗고 노란 점들이 생긴 것을 보았다. 그동안 나는 이 하트 잎에 티끌 하나 묻히지 않고, 어느 한 구석도 마르지 않게 하려 애를 써왔다. 완벽한 벨벳 잎이 되라고 자주 손보고 돌봐주던 아이였다. 그런데 빵실빵실하게 큰 잎이 열 장이 넘어가는 시점에 그 보기 싫은 점들이 생겨난 것이다. 헬륨을 넣은 초록 하트 풍선을 모아 묶은 듯 완벽하게 아름다운 화분이었는데!

자세히 살펴보니 안스리움 클라리네비움의 잎에는 몇 마리의 길쭉하고 작은 검정 총채벌레가 있었다. 노란 점들은 총채벌레 애벌레가 잎 뒷면에서 식물의 즙을 빨아먹어 생긴 것이었다. 나는 눈을 크게 뜨고 "이 총채 새끼들아!" 험악하게 소리를 치며 벌레를 손으로 모조리 눌러 죽이고 바로 집 근처 농약을 판매하는 작은 가게로 달려갔다.

총채라는 날벌레는 아주 작고 그다지 위협적으로 보이지 않지만 한번 생기면 없애기 어려운 해충이다. 키우는 화분에 총채가 생겼다는 것은 그야말로 비상사태다. 이 벌레는 다른 식물에도 금세 옮아 붙어서 그야말로 '총체적 난국'을 만들기 때문이다. 총채의 공격을 받은 식물은 엄청나게 건강한 개체가 아닌 이상 금세 노랗고 하얗게 잎이 변한다. 그리고 결국은 잎의 즙을 빨려 시들시들하게 버티다가 죽게 된다(하지만 개체가 건강하고 좋은 환경에 있는 경우 식물과 곤충이 공존하기도 한다). 식물덕후들에게 총채는 이렇게 식물을 죽일 수도 있는 두려운 존재다. 그러니 바로 농약을 판매하는 곳으로 달려갈 수밖에.

그전까지 집에서 농약을 써본 적은 딱 한 번 있었

는데 바로 뿌리파리 때문이었다. 통풍이 불량할 때 화분 속의 물이 잘 마르지 않으면 뿌리파리 애벌레가 많아진다. 그때 가드너들이 많이 사용하는 빅카드라는 농약을 써본 적이 있다. 처음 쓰는 농약이라 두려웠지만 주변에서 많이 사용한다는 이야기에 적정량을 물에 섞어 뿌리파리가 출몰한 화분을 '빅카드 저면관수형'에 처했다. 창문을 모두 열고 약을 사용한 후에 한참이나 환기를 했음에도 약 냄새가 코에서 가시질 않았다. 그리고 그때부터 나는 두통에 시달렸다. 농약을 쓴 후 뿌리파리는 확실히 사라졌지만 당시 두통의 기억은 두려울 정도로 강렬하게 남았다. 몇 달 뒤에 통풍에 신경을 못 써서 또 뿌리파리가 생겼지만 다시 그 약을 사용하지 못한 이유다. 어차피 관리를 못 하면 다시 생기는 해충, 농약을 쓰면 뭐 하나 싶었다.

그럼에도 불구하고 총채가 망친 내 완벽한 클라리네비움이 떠올라 화가 났다. 벌레에게 욕을 하고 소리를 지른다고 화가 풀리지는 않았다. 농약사에 가서 총채를 없애는 농약을 추천해달라고 했다. 사장님과 이야기를 나누다가 내가 농약을 집 안 화분에 쓸 것이라고 이야기하자 사장님은 깜짝 놀라신 듯했다.

"집에서 농약을 쓰실 거라고요?"

"네. 이미 제 주변에선 실내에 있는 화분에 많이 쓴다고 하던데요?"

"집 안에 있는 화분에 농약을 쓰면 벌레를 잡으려다 사람부터 잡을 수 있어요. 위험합니다."

사장님은 만류했지만 거기까지 갔는데 총채 농약을 안 살 수는 없었다. 일단 써보겠다는 일념 하에 결국 우겨서 농약을 사왔고, 화장실에서 마스크를 쓰고 클라리네비움의 잎과 뿌리에 약을 조심스럽게 살포했다. 그렇게 총채는 사라졌지만 예전의 그 두통이 떠올라 이후로는 쓰지 않고 있다. 이날 총채와 싸우다 문득 농약을 쓰며 대대로 농사를 지었다는 거래처 농장 사장님의 이야기가 떠올랐다.

"평생 농사를 지으신 저희 아버지는 상추, 깻잎은 직접 유기농으로 키운 것이 아니면 절대 안 드세요. 농약이 얼마나 무서운 것인지 알고 계시거든요. 농사 오래 하신 분들은 웬만하면 먹을 것에는 농약 안 쓰고 유기농으로 재배해서 먹어요."

오랫동안 식물을 키워온 분들일수록 농약 이야기를 하면 단호하게 고개를 흔든다. 아무리 작은 화분이라도 흙 속에는 수많은 생명체가 있고, 농약은 식물이 이루는 생명 순환의 고리를 모조리 끊어버리기 때문이다. 나쁜 벌레만 죽는 게 아니라 이로운 존재들도 죽는 것이다. 마치 항생제를 쓰면 병은 낫지만 우리 몸의 유익균마저 죽는 것처럼 말이다.

　　하지만 가드너로서는 아끼는 식물이 너무 아프다면 약을 안 쓸 재간이 없다. 농약이 필요할 땐 독성이 높지 않은 것으로 '가끔은' 조심스럽게 도움을 청할 생각이다. 그렇지만 나는 앞으로도 맨손으로 해충을 상대하는 버러지 헌터이고 싶다. 나의 멘탈을 위해, 또 소중한 식물과 흙 속 생명들을 위해.

식물 집사의
소품

언젠가부터 소품은 자신의 취향과 고매한 감각을 과시하는 용도로 쓰이게 되었다. '소품'이라는 단어가 풍기는 느낌도 그렇다. 그러나 내가 집에서 식물 키우는 데 쓰는 도구와 소품들은 대체로 가장 저렴한 것 위주다. 물론 비싼 가드닝 도구들이 디자인도 예쁘고 품질도 좋겠지만 주로 그런 것들은 진열만을 위해 쓰인다. 얼마 전 선물 받은 유명 브랜드의 모종삽 세트는 예쁘긴 하지만 실제로 쓰기엔 너무 무거웠으며, 실수로 떨어뜨리기라도 하면 바닥이 패일 정도로 위협적이었다. 주변에서도 그 브랜드의 가드닝 도구는 주로 거실에 진열용으로 쓰고 있었다(진열함으로써 대놓고 말하지 않아도 '나는 이렇게 스타일리시하며 자연을 사랑하는 사람이에요'라고 말해주니까).

사실 나도 아름다움을 추구하며 식물을 키우다 보

니 그것들을 다루는 데 필요한 소품들 또한 예쁘길 바랐다. 하지만 식물을 키우는 데 이렇게 많은 도구가 필요할 줄은 몰랐지!

실내에서 식물을 키우는 데 필요한 소품들을 우선 나열해보자면 식물 선반, 화분, 화분받침, 물조리개, 분무기, 온습도계, 모종삽, 분갈이 매트, 지지대, 이름표, 서큘레이터, 식물등, 스탠드, 유리병, 베란다걸이, 행잉용 고리, 모종판, 호스, 베란다 데크, 장식용 피규어, 돌 등등 끝도 없다. 식물 초보였을 때는 내가 이리 많은 식물들을 키우게 될지도, 이 일이 직업이 될 지도 몰랐으니 가장 가성비 좋은 도구들 중심으로 샀다. 그리고 그것들은 대체로 만족스러웠다.

식물 선반

식물의 수가 늘수록 가장 고민되는 것이 식물 선반이다. 이것을 소품이라고 말하기는 어렵지만, 선반은 식물을 키우는 데 있어 가장 분위기를 좌우하는 만큼 고르기가 쉽지 않다. 빈티지한 원목 장식장은 멋스러우나 물이 묻으면 쉽게 썩어 관리에 애를 먹는다. 하지만 많은 사람들이 왁스와 오일로 관리해가며 원목 진열대를 식물 선반으로 쓰고 있다. 지금 나는 하얀 철제 선반을 사용하는

데 이른바 '국민 식물 선반'이라 불리는 브랜드의 것이다. 멋진 빈티지 원목 선반이 탐날 때마다 드는 생각은, 그 돈이 내 위시리스트에 있는 식물 몇 가지를 더 살 수 있는 기회비용이라는 것이다. 물론 그 모두를 살 수 있는 능력이 생기기를 바라지만 현실의 나는 멋들어진 가구보다는 사랑스러운 식물을 모으는 데 더 혈안이 되어 있다. 식물이 멋지게 자라면 그 선반은 곧 가려지게 마련이니까.

물조리개

내가 가장 갖고 싶어하고 미적, 기능적인 측면에서 새로운 것을 찾는 소품은 '물조리개'다. 나는 워낙 식물 수가 많다 보니 한 번 물을 줄 때면 12리터씩은 주는데, 일반적인 물조리개는 1리터 이상의 크기를 찾아보기 힘들다. 큰 물조리개는 대부분 주둥이가 짧거나 굵어 화분에 물을 줄 때 물과 흙이 튀기 때문이다. 많은 가드너들이 물조리개 주둥이가 핸드드립용 커피 주전자처럼 가늘고 긴 것을 선호하는 이유다. 물줄기가 가늘면 흙이 튀지 않아 좋고 무엇보다 물을 줄 때 기분이 구름처럼 가벼워진다. 드립커피를 내리듯 조심스레 물을 주면 신선한 흙은 다소 부풀어 오르며 색이 변한다. 서서히 흙이 젖어드는 모습을 보는 것이 얼마나 행복한지 모른다.

그러나 내가 가진 물조리개의 최대 용량은 1.2리터. 매일 수돗가와 화분들 사이를 수십 번씩 왔다 갔다 하며 물을 주곤 한다. 내게는 물조리개와 관련한 꿈이 하나 있다. 물이 들어 있는 모습이 투명하게 보이며 가늘고 긴 주둥이를 가진, 아름답고 커다란 물조리개를 만드는 것이다. 아무리 찾아도 없으면 결국 이런 소원이 생기고 일을 벌이게 되는 게 아닌가 싶다.

화분과 화분받침

토분에 대한 나의 사랑은 식물에 대한 열정과 닮아 있다. 실내에서 식물을 키운다는 건 자연의 일부분을 떼어와 화분에 옮긴 후 곁에 두고 보겠다는 인간의 욕심이다. 그러다 보니 노지에서 식물이 자라는 것보다 훨씬 까다로운 조건에서 가드닝을 한다고 보면 된다. 조금이나마 자연 환경과 비슷하게 만들어주기 위해 토분을 사용할 수 있는데, 수제 토분은 받침을 함께 판매하지 않는 경우가 많다. 하지만 물이 흘러내리지 않게 하기 위해서는 받침이 꼭 필요하다. 그러니 토분에 어울리는 색상과 모양의 받침을 찾아 인터넷을 뒤지거나, 집에 있는 오목한 모양의 그릇이란 그릇은 전부 화분받침으로 쓰던가 해야 한다. 화분받침은 화분의 물을 받아내는 용도로 쓰이지만 저면관수용(식물이 아래에서 위로 물을 빨아들이는 방식)으로도 쓰기 때문에 실내 가드닝에서 엄청나게 큰 역할을 한다.

　　우리 집에도 화분받침으로 쓰이고 있는 그릇들이 있다. 시아버님께서 유럽에서 선물로 사다주신 금박을 두른 에스프레소 소서는 내가 아끼는 작은 화분의 받침이 되었다. 곁에 두고 쓰면서 그 큰 사랑을 자주 떠올리곤 한다. 하지만 어느 날 시아버님이 화분 밑에 그 접시가 놓인 것을 보시게 된다면 나는 재빨리 외칠 것이다.

　　"그냥 화분받침이 아닙니다! 진짜 아끼기 때문에 받침으로 쓰는 겁니다. 오해 마세요. 아버님. 찬장에 두면 뭐 하나요. 자주 봐야죠."

피규어

　　내가 피규어를 모으게 되다니! 식물을 키우며 생각지도 못하게 아기자기한 사이즈의 귀여운 피규어들을 찾게 됐다. 아담한 피규어를 화분 위에 올려두면 작은 풀도 하나의 거대한 나무처럼 보인다. 비단이끼로 덮은 흙 위의 피규어는 마치 초록 들판에 서 있는 것처럼 보이기도 한다. 그 모습을 사진으로 찍으면 식물은 더 귀엽게 느껴지고 피규어는 또 하나의 이야기를 품고 있는 듯하다. 이전에는 전혀 관심이 없던 피규어를 어린이의 장난 감통에서 찾아내 화분에 세워놓고 혼자 킥킥거리는 맛이 있다. 가드닝 할 때 꼭 있어야 하는 소품은 아니지만 가끔 현실에 지칠 때 화분 위 작은 피규어를 보면 탁하고 긴장이 풀어지며 웃음이 나온다.

끝도 없는 가드닝 소품들이지만 늘려나가며 점점 식물생활을 업그레이드하는 재미를 빼놓을 수 없다. 올해는 다가오는 겨울을 맞아 열대식물을 위한 커다란 온실을 마련하고 싶어진다. 갖고 싶은 소품 리스트의 가격과 스케일이 이렇게 자꾸 커지는 걸 보면 언젠가 내가 식물의 집에 얹혀살게 될 것이라는 예감이 든다. 실제로 그게 꿈이기도 하고.

4장

식물을
만나고
내가
더 좋아졌다

자라다

아름답지 않은 '이상한' 식물들에게도 새로운 정이 생겼다.
식물은 아름답기 위해 존재하는 것이 아니므로,
부족한 내 옆에서 온전하게 살아 있어주는 것만으로도
감사한 일이다.

내 식물만
이렇게
못생긴 걸까?

식물 가게에서 처음 사온 식물이 가장 예쁜 상태이며, 자신의 집으로 데려와 찍어주는 식물의 사진을 영정 사진이라고 부르는 이들이 있다. 이런 이들이 많은 이유는 식물을 데려온 농장이 식물에게 좋은 환경이기 때문이다. 자신의 집에 좋은 환경을 만들어줄 자신이 없거나 그런 노력도 하지 않는다면 이런 이야기가 나올 수밖에 없다. 나도 그랬으니까. 하지만 지금의 나는 못생긴 식물도 정성스럽게 키우면 예쁘고 건강하게 만들 수 있을 거라는 자신감을 갖게 됐다.

우선 실내에서 식물을 아름답게 키우기 위해서는 빛이 가장 중요하다. 빛의 중요성은 천 번을 강조해도 과하지 않다. 간혹 사람들은 빛에 대한 오해 때문에 의도치 않게 식물을 죽이기도 한다. 그런 식물 중 '아디안텀'이라는 은행잎을 닮은 어린 잎을 가진 공작고사리가 있다. 풍성하게 키우면 초록색 폭포가 떨어지는 듯한 형상이 되는데 멋진 데다 가격도 착해 인기가 많은 식물이다. 그런데 아디안텀은 잎 끝이 갈색으로 쉽게 말라버려서 온전한 초록색으로 만들기가 어렵다. 그 이유는 많은 식물 책과 인터넷에 있는 이 말 때문이다.

> "이 식물은 반그늘에서 키워야 하는 음지식물입니다. 직사광선을 피해서 키우세요."

이 설명은 수많은 초보 식물 집사를 잘못된 곳으로 인도한다. 사실 이 말이 틀린 것은 아니다. 야외, 노지에서의 양지와 실내에서의 양지의 개념이 다를 뿐이다. 그들이 말하는 '음지'는 야외에서의 음지를 뜻하는데 이는 실내에서는 빛이 가장 잘 들어오는 곳 수준이다. 실내에서 가장 밝은 곳의 빛의 정도를 재보면 야외의 가장 어두운 곳보다도 더 빛이 약하다는 것을 알 수 있다(정확한 빛의 양을 측정하는 앱을 이용하면 된다). 그러니 실내 정원을 멋지게 꾸미고 싶은 이라면 집에서 빛이 가장 잘 들어오는 곳에 식물을 배치해야 하는 것이다. 그건 공작고사리

아디안텀의 경우도 마찬가지다. 직사광선은 실내에 존재하지 않는다. 식물을 집에서 가장 밝은 곳에 두면 잎이 타지 않고 싱그럽게 자란다.

빛이 드는 곳마다 식물을 모아두는 것이 식물을 죽이지 않고, 더 나아가 이상하게 자라지 않게 하는 비결이다. 그런데 우리나라 집의 창문은 왜 이리들 작은지 내 많은 식물들을 모두 빛이 들어오는 곳에만 두기가 어려웠다. 식물등으로 인위적인 빛을 쬐어주긴 하지만 그 효과는 태양광에 비할 수 없다.

빛이 모자란 곳에서 키운 식물들은 웃자라거나 괴상하게 자라기도 한다. 예쁜 수형을 만들기 위해서는 강렬한 빛이 필요한데 그에 실패한 식물들은 기이한 저세상 수형으로 허탈한 웃음을 짓게 만든다.

식물에 대한 애정이 그리 강하지 않았을 때는 못생기고 이상한 수형의 식물들이 싫었다. 죽지 않았는데도 버리고 싶을 정도였다. 하지만 그런 식물들도 매일 돌봐주며 빛을 보여주고 정성들여 관리해주면 곧 아름다운 신엽을 만든다. 몇 번 그런 경험을 한 후에는 아름답지 않은 '이상한' 식물들에게도 새로운 정이 생겼다. 오히려

내가 돌봐주지 못해 그런 모습을 하게 된 것에 대해 미안한 마음이 들었다. 식물은 아름답기 위해 존재하는 것이 아니니까. 부족한 내 옆에서 온전하게 살아 있어주는 것만으로도 감사한 일이었다.

일이 많아 식물을 돌보는 시간이 줄어들면 그 바쁨은 그대로 식물의 상태에 반영되었다. 통풍시키는 시간이 줄어들면 악질 해충이 생겨 어느새 주변 식물들에게 옮았고 잎을 닦아주지 않으면 먼지가 금방 뽀얗게 쌓였다. 내 기분이 식물에게 그대로 전달된 것인데 막상 시들시들한 식물의 상태를 보면 서운했다. 그 악순환의 고리를 끊기 위해 나는 몸을 일으켜 창문을 열고 식물들이 시원한 바람을 맞게 했다. 하나하나 물로 샤워도 시키니 광택 나는 잎이 쉽게 드러났다. 하다 보면 어려운 일도 아닌데 한번 방치하면 할 일은 점점 더 쌓여 손대기 어려워진다.

내 식물이 아름답지 않아도 살아만 있다면 그것만으로 온전한 의미가 된다. 식물이 죽었다고 슬퍼하지 말라는 말은 이제 하지 않으려고 한다. 전에는 살 놈은 살고 죽을 놈은 죽는다며 "살놈살 죽놈죽"이란 말을 철없

이 떠들었었다. 이 말에 함께 웃고 재미있어 하는 분들도 많았다. 하지만 풀친구들 중에는 그런 장난스러운 말에도 거부감을 느끼는 이들이 있었다. 그저 스트레스 받지 말고 웃자고 하는 말이었지만, 그것이 나의 배려 없음과 부족함을 잊고자 자기합리화하는 말이었다는 걸 이제 나는 안다.

　식물을 죽이는 많은 사람들에겐 그들을 돌볼 여력과 시간이 없었을 것이다. 나도 퇴사한 후에야 본격적으로 식물을 키우기 시작했고 그 과정에서 알게 된 것들이 많으니까. 하지만 식물이 생명이라는 것을 인식하고 혼

돈의 정원 속에서 한 번 더 움직여 아름다운 질서를 찾아가는 일이 가드닝이다. 비록 그곳이 모두가 아름답지는 못한 이상한 식물나라라고 해도 말이다. 그 안에서 매일 화분을 들고 옮기고 닦으며 부지런히 몸을 움직여야 비로소 반짝이는 의미를 찾을 수 있다. 가드닝은 내가 행복하기 위해 시작한 일. 하지만 나도 그 사실을 자주 잊는다.

식물에
미치다

나는 어렸을 때부터 워낙 분홍색을 좋아해 중학생 때 별명이 '미친 핑크 공주'일 정도였다. 물론 직접 핑크색 옷을 입는 것까지는 부담스럽고 주로 소지품이나 식물의 잎이 분홍인 걸 더 좋아하는 정도다. 한동안 베고니아에 빠져 그 종류를 모으기 시작했을 때, 나는 보르네오 섬 깊은 숲속에 산다는 한 분홍빛 식물의 사진을 보고야 말았다. 연녹색 하트 잎 위에 연한 핑크색 점이 박힌, '무아라와하우'라는 이름도 어려운 식물이 바로 그것이다. 그 사진을 본 뒤로 상사병이 시작됐다.

그때부터 홀린 듯 온라인에서 무아라와하우를 찾아헤맸다. 그리고 긴 시간의 기다림 끝에 결국 찾아냈다. 먼 곳에서 이 작은 베고니아를 판매한다는 글을 보자마자 놓치지 않게 바로 입금하고 차 시동을 걸었다. 오랫동안 이 핑크 점박이 하트 잎에 대한 상사병을 앓아왔기에 고민 없이 바로 움직였다. 흔치 않은 식물이 온라인에 올라오면 전국의 상사병을 앓고 있는 식물덕후들이 바로 댓글을 달기 때문에 행동이 느린 자는 이를 갖지 못한다. 나행히 이번에는 손가락이 빨리 반응해 나의 오랜 열망을 데리러 바로 출동할 수 있었다.

거래를 위해 만난 상대는 나와 나이가 비슷해 보이는 여자분이었다. 만나자마자 그녀는 투명한 테이크아웃 컵에 든 작고 작은, 만지면 부러질 듯한 무아라와하우를 보여줬다. 보자마자 나는 입을 틀어막으며 너무 귀엽다고 소리쳤다. 언젠가부터 식물을 보면 "귀엽다!", "예쁘다!", "멋지다!"라는 말이 비명처럼 새어나오는 사람이 됐다. 나의 다른 어휘는 다 어디로 갔을까? 좋아하는 것을 보면 단순하고 명확해진다. 그래서 나쁜 기분은 어느 순간 휘발되어버린다. 어린 무아라와하우를 조심히 차의 컵홀더에 두고 한숨 돌리며 다시 바라보니 허탈한 웃음이 나왔다.

이게 뭐라고 이렇게 단숨에 달려와 소중하게 바라보고 있는 걸까? 식물은 왜 이렇게 나를 미치게

만드는 걸까?

나만 이런 광기(?)를 보이는 것은 아니다. 요즘 인기 있는 희귀식물은 온라인에 올라오면 눈 깜짝할 새에 품절된다. 가격도 천정부지로 올랐다. 예를 들어 내가 값이 오르기 전에 사둔 몬스테라 알보의 가격은 몇 년 만에 거의 10배나 올랐다. 그런데도 그 희귀식물을 판매한다는 소식이 들리면 사람들, 아니 식덕들은 밤새 줄을 서서라도 그 식물을 갖고 싶어 한다.

얼마 전 온라인에서 작지만 멋진 식물이 눈에 띄어 가격을 문의하니 500만 원이 넘는다는 대답이 돌아와 잠시 아찔했다. 3,000만 원이 넘는 식물도 제법 있을 정도다. 식물뿐만 아니라 토분도 특정 브랜드의 것을 구하려면 몇 시간 줄을 서야 한다. 그렇게까지 해서 식물과 토분을 구하는 그들, 아니 우리들을 보면 이 열정은 대체 어디서 나오는 것인지 궁금해진다. 이 열정 혹은 광기는 17세기 네덜란드의 튤립버블 사건을 떠오르게 한다. 하지만 네덜란드의 귀족이 튤립에 열광했던 것도 분명 돈 때문만은 아니었을 것이다.

바깥의 시선에서 보면 '식테크(식물＋재테크)'라는

말로도 부를 수 있겠지만 열정의 소용돌이 가운데 있는 사람의 생각은 다르다. 사랑하는 대상에 지불하는 돈은 단순히 숫자로만 계산할 수는 없기 때문이다. 이것은 내가 몰입할 수 있는 열정에 쓰일 땔감을 구하는 것과 같다. 새 식물로 인해 가드닝에 대한 재미가 더 살아난다면 그것만으로도 충분한 가치가 있다.

　게다가 식물은 샀던 그 당시의 크기로 유지되는 것이 아니다. 식물의 겉모습에는 사람이 들인 정성과 시간이 그대로 드러난다. 식물은 내가 열심히 키우면 몇 배의 크기와 아름다움으로 보답한다. 나의 몬스테라 알보가 햇빛과 물, 흙만으로 매달 두 장의 잎과 많은 뿌리를 생산해내는 것처럼.

　내 열정을 자본의 차원에서 해석하지 말아달라고 하긴 했지만 사실 그런 기쁨이 있다는 건 감추기 어렵다. 새로난 잎을 잘라 팔면 위시리스트에 있는 또 다른 식물을 살 수 있을 테니까. 하지만 어느 날 식물 가격이 폭락해 경제적 가치가 사라진다 해도 나는 그들을 보며 행복할 테니 상관없다. 그래서 네덜란드의 튤립버블과 희귀 식물 가격이 오른 요즘의 상황을 비교하는 이야기에 흔들리지 않는 거다.

　　가격이 오르든 떨어지든 몬스테라 알보의 하얗고 하얀 무늬 잎의 아름다움은 사라지지 않는다. 식물의 가격이 폭락하는 것보다 우리 식덕들이 두려워하는 것은 지속되는 장마에 햇빛이 들지 않아 과습이 오거나 건조한 겨울에 잎이 마르는 일들이다. 식물을 하나씩 늘려가며 새 식구를 맞이하는 일이 얼마나 흥미진진한지 경험해보지 않은 사람들은 알 턱이 없다. 세상에 아름다운 식물은 끝도 없이 많다. 무엇이든 재미있을 때 많이 해둬야 한다. 하늘이 나에게 선물해준 이 뜨거운 열정이 언제 사라질지는 그 누구도 모르니 말이다.

내 꽃길은
내가
만든다

언제나 꽃을 보면 기분이 좋았다. 하지만 보고 싶다고 해서 늘 볼 수 있는 것은 아니었다. 길에 항상 꽃이 널려 있는 것도 아니고 다른 사람으로부터 꽃을 선물 받는 일은 드물다. 나를 위한 꽃다발을 사는 일도 사치스럽다고 생각했다. 생존하는 데 꽃은 전혀 필수가 아니니까. 일주일이면 시들어버리는 꽃에 지갑을 열기가 쉽지 않았다.

하지만 그 꽃에 '뿌리'가 있다면 이야기가 달라진다. 세련되고 화려한 모양은 아니지만 생명력은 훨씬 강하고 오래간다. 식물을 돌보고 직접 꽃을 피워내는 재미도 있다. 그래서 나는 내 공간에서 뿌리 있는 식물을 키운다.

우리 집 침실 옆에는 자그마한 베란다가 있다. 그

곳은 나의 복작복작한 식물들로 항상 가득 차 있는데, 계절이 바뀔 때마다 새로운 식물을 배치하며 실내 가드닝의 재미를 누린다. 시원한 바람이 술술 불기 시작하는 가을이면 연보라색의 향기 나는 아스타 국화를 들여오고, 풍성해진 제라늄은 동그란 꽃볼을 만든다. 붉고 큰 잎의 칼라디움과 딸기색 잎을 가진 스트로베리 싱고니움을 잘 배치하면 베란다에 나만의 꽃길이 생긴다. 내가 좋아하는 은빛 베고니아도 햇빛이 잘 드는 쪽으로 얼굴을 돌려둔다. 그러면 상쾌한 아침에 이 환상적인 꽃밭에 물을 줄수 있어 가슴이 벅차오른다. 아침 햇살이 반사되는 잎과 꽃을 마주하면 잠시나마 천국에 와 있는 기분이 든다.

어렸을 땐 왜 나에겐 꽃을 선물해주는 사람이 없을까 슬펐다. 갖고 싶은 게 있으면 말해보라던 예전 남자친구에게도 꽃을 받고 싶다는 말은 부끄러워서 차마 못 했다. 촌스러워 보일까, 사오는 사람이 부끄럽지 않을까 별별 생각을 하다 보면 말하기 어려웠다. 여전히 갖고 싶은 걸 대놓고 이야기하지 못하는 성격이지만, 직장생활을 하고 경제력이 생기고 나서는 내 인생의 주도권이 나에게 있다는 걸 깨달았다. 내가 원하는 건 스스로 해내면 되는 거였다. 내가 번 돈으로 좋아하는 꽃을 살 수 있다

는 기쁨은 월요일이 즐거운 날이 될 정도의 크기였다. 어쩌다 선물로 받은 마음에 들지 않는 색깔의 꽃다발이 아닌, 내가 직접 고른 꽃으로 만든 꽃다발. 나를 위해 꽃다발을 선물하면 덤으로 꽃이 가득한 곳에 가는 즐거움도 누릴 수 있었다.

실내 가드닝을 시작하면서부터 나의 작은 베란다는 튤립 축제가 열리는 공간이 되기도 했고, 덤불이 가득한 정글이 되기도 했다. 내 기분에 따라 베란다를 꾸미는 재미가 엄청나다. 나는 노란 계열의 꽃을 보면 처져 있던 기분이 발랄해지고, 진한 오렌지색의 꽃을 보면 힘이 난다. 내 취향을 가장 잘 아는 건 나였다. 미래의 나를 행복하게 만들기 위해 노란 해바라기 씨를 심고, 오렌지색 덴마크 무궁화 묘목을 들였다. 또 내 기분을 풍족하고 우아하게 만들어주는 보라색 꽃도 맞이했다. 코로나19가 성행해 마음이 쪼그라드는 듯했던 봄에는 커다란 보라색 꽃이 피는 티보치나 화분이 위로가 됐다. 남미 태생인 식물이라 햇빛이 모자라 웃자라버리긴 했지만 지난봄에는 충분히 우아해진 기분을 즐겼다.

식물이 가장 예쁠 때를 기록하느라 내 핸드폰은 4만

장이 넘는 사진과 영상으로 가득하다. 사계절 내내 피고 지는 꽃을 나 혼자 보기 아깝다는 생각에 꽃이 필 때마다 유튜브로 식물의 근황을 전했다. 그러면 역시 꽃을 좋아하는 사람이 나뿐만이 아니라는 것을 확인할 수 있어 기뻤다. 특히 하루는 내 생일에 스스로에게 꽃다발을 선물한 이야기를 올렸더니 한 구독자분이 놀라워하며 이렇게 말했다. "왜 저는 선물 받지 못해 서운해하기만 했지 스스로 꽃을 선물할 생각을 못 했을까요?"

그 댓글에 반나절을 고민하다 이런 답변을 달았다. "저도 그랬어요. 하지만 제가 원하는 꽃은 제가 제일 잘 알더라고요. 사치라고 생각하지 말고 스스로에게 꽃을 선물해보세요. 나중에 들 병원비보단 덜할걸요!"

누군가에게 뭔가를 바라는 마음은 스스로를 지치게 한다. 서운함을 느끼는 건 나의 몫이고 그 서운함은 상대방마저 힘들게 하기 때문이다. 하지만 가끔 누군가에게 기대고 싶을 때는 이렇게 외칠 수도 있어야 한다.

"나, 꽃 사줘!"

　　예전엔 이 말이 왜 그렇게 힘들었을까?부탁하지 못해서 다른 출구를 찾은 거긴 하지만, 원하는 걸 잘 말하지 못하는 내 성격이 꽃길 베란다라는 아주 멋진 선물을 안겨주었다. 그 속에 영원히 안겨 있고만 싶은 나만의 작은 꽃길 정원. 다시 한 번 외쳐본다. 내 꽃길은 내가 만든다.

책과
식물

어릴 때 심심하거나 집이 답답하다고 느낄 때면 책을 펼쳤다. 내게 책은 세상을 향한 창문이었다. 그 창문을 열면 어디로든 날아갈 수 있었다. 단지 어디로 날아갈 건지만 정하면 된다는 사실이 나를 들뜨게 했다.

아홉 살쯤이었을까, 내가 밤에 잠이 안 온다고 투정부리자 아빠는 책을 보면 잠이 잘 올 거라고 했다. 과연 그 말대로 책을 읽다 보니 잠의 요정이 노크를 하듯 졸음이 쏟아졌다. 농담이라고 생각한 아빠 말은 거짓이 아니었다. 아빠 덕에 어린 나는 자기 전 머리맡에 책을 두고 읽는 버릇이 생겼다.

또 책을 생각하면 떠오르는 어린 시절의 기분 좋은 추억이 있다. 인터넷이 없던 그 시절, 집에 있던 백과사전은 나의 단짝 친구였다. 백과사전에 있는 지식들은 친구나 선생님에게 잘난 척하기도 좋았다. 태풍 사진을 오려 과학 공책에 붙이고 학교에 가면 수업 시간에 칭찬을 받을 수 있어 신이 났던 기억이 난다. 그렇게 내 백과사전에는 여기저기 작은 손으로 오린 자국들이 추억으로 남았다. 그 시절부터 지금까지 쭉 나는 책을 사랑해왔다.

아침, 서가, 베란다, 정원, 빗방울, 물망초, 연두, 피아노, 겨울눈, 흙, 씨앗, 화단, 햇살.

소리 내 읽기만 해도 기분이 좋아지는 단어들이 나오는 글을 사랑한다. 이런 '초록의 기분'을 가진 책들이 바로 식물에 대해 설명하고 수다 떠는 책들이다. 언젠가부터 식물에 대한 책들이 많이 나와 하나둘씩 사 모으다 보니 책장에 초록 책이 늘어갔다. 처음에는 식물에 대한 책들이 많지 않아서 나오는 것들을 거의 사두었는데 어느 순간부터 너무 많아지니 좋아하는 것만 골라서 소장하기로 했다. 식물만큼이나 책도 공간을 크게 차지하기 때문이다.

그래서 도서관에 가면 항상 식물 책이 있는 과학 서가를 얼쩡거렸다. 도서관에서는 아주 오래 전에 나온 책들까지 읽을 수 있어서 즐거웠다. 마음에 드는 책을 발견하면 한 페이지 한 페이지를 모두 머릿속에 스캔해두고 싶었다. 모조리 외우지 못하는 내 머리가 아쉬울 뿐이다. 그곳에선 주로 외국에서 나온 두꺼운 책들이 나를 홀렸다. 내가 좋아하는 열대식물들 이야기가 가득했기 때문이다. 특히 서울식물원에 가면 식물에 대한 책들만 모아둔 전문 도서관이 있는데, 그곳에 있는 식물보다 그 책들이 더 매력적일 만큼 멋진 공간이었다.

출판사에서 10년 넘게 일하면 집에 책이 몇천 권씩 쌓이게 된다. 잔뜩 쌓아둔 서재의 책들이 무너져 내가 고이 기른 식물을 덮친 적도 있었다. 맨질맨질하고 동그란 잎이 멋진 무늬 루즈 베고니아가 그때 무거운 책에 눌려 조각조각 짓이겨졌다. 그 일이 있고 나서 많은 책들을 처분하기 시작했다.

추억이 담긴 책과 내가 일하며 만든 책, 앞으로 읽고 싶은 책, 좋아하는 책 등을 남기려면 적어도 큰 방의 한쪽 벽은 모두 책으로 가득 채워야 했다. 가끔 책장의 책을 모두 정리하고 그 사이사이 얼굴이 예쁜 베고니아를 종류별로 넣고 싶다는 생각도 한다. 하지만 책밥을 오래 먹은 나로서는 차마 그럴 수가 없었다. 요즘은 전자책을 읽는 사람도 많지만 그래도 종이책이 주는 사용자 경

험을 따라갈 수는 없다. 손으로 넘기며 좋아하는 단어와
문장이 나오는 페이지 모서리는 아주 작은 삼각형으로
접어놔야 하니까.

식물이 주제인 책이 아니어도 어느 소설이나 시를 읽든 생각보다 식물에 대한 이야기가 자주 등장했다. 많은 작가들이 내가 식물의 매력을 알기 오래 전부터 자신의 작업실을 초록으로 가득 채웠었다. 혼자 사는 한 시인은 술을 마시는 밤이면 화분 하나를 붙들고 누군가의 흉을 본다고 했다. 그러고 나면 그 식물은 시들시들해진다는 시적인 농담도 들었다.

출판사 일꾼 중에도 식물덕후들이 꽤 있어서인지 회사에 다닐 땐 주변 어디를 봐도 식물이 있었다. 사무실에는 늘어진 아이비 넝쿨과 천장을 뚫을 듯한 거대한 고무나무가 있었고, 회사 앞 화단은 매년 온갖 색의 꽃으로 가득했다. 파주 출판단지 안에 있는 다른 건물에서도 식물과 계절을 느낄 수 있었다. 특히 회사 바로 앞 벽에 달라붙은 담쟁이넝쿨의 색깔이 바뀌는 것을 보면 가을이 온 것을 알 수 있었다.

내가 다니던 회사 사장님이 선물 받았다는 작은 매화나무 분재도 떠오른다. 사장님은 어느 날 매화나무 화분과 분재철사가 답답해 보인다는 생각이 들어 철사를 풀어 회사 앞 화단에 심어주었다고 했다. 화단에 심자마자 이 식물은 놀라운 속도로 자라 몇 년 뒤 2미터가 넘는, 봄마다 하얗고 향긋한 매화가 가득 피는 나무가 되었다. 회사에 들어가는 길에 달콤한 꽃향기가 느껴져 고개를 돌려보면 그 나무였다. 여름엔 초록 매실을 주렁주렁 달아 직원 몇몇이 그 매실로 매년 술을 담그기도 했고, 가을엔 따지 않은 황매실이 바닥에 박혀 개미들의 먹이가 되었다. 이렇듯 나무까지는 어렵더라도 책을 사랑하는 이들의 책상에는 화분 하나씩은 있게 마련이다.

그 중 가장 부러웠던 이는 가까운 꽃집에서 매주 다른 꽃다발을 구독해 책상에 올려두는 동료였다. 꽃집 주인이 알록달록한 색의 꽃을 조화롭게 가져와 매번 다른 꽃병에 꽂아두고 갔다. 예쁜 책 사진이 자주 필요했던 우리는 그 사무실에 가서 꽃을 배경으로 책 사진을 찍곤 했다. 이번엔 어떤 색의 꽃이 배달 왔는지 궁금해하며. 꽃들은 아쉽게도 새 꽃이 오는 일주일 뒤에 버려졌는데 몇몇 편집자들은 버려진 꽃 중에서 괜찮은 것을 골라 주워가기도 했다.

돈을 주고 사는 꽃이 아니라도 얼마든지 길에서 행복을 느낄 수 있다. 출판단지의 길에는 늘 꽃이 있었다. 그중에서도 하얀 꽃이 가득 피는 비현실적으로 아름다웠

던 나무가 생각난다. 한여름 배롱나무꽃이 파주의 바람
에 세차게 흔들리던 그 풍경을 아직도 잊지 못한다. 비록
서울은 멀미나게 멀었지만 그런저런 이야기를 하며 웃던
출판단지의 점심시간이 그리워질 때가 있다.

덕업일치,
꿈의 씨앗이
싹트다

사건의 발단은 내가 가끔 들르던 식물농장 대표님
의 제안이었다.

"시아 님이 직접 식물을 판매해보는 건 어때요?"

이야기를 듣는 순간 호기심이 훅훅 뇌를 강타했
다. 내 머릿속에 떠오른 말풍선은 '그거 미치게 재밌겠
는데?', '식물 가게를 해보는 것도 내 로망 중 하나였는
데!', '사심을 채우며 새 식물을 실컷 살 수 있잖아?' 이
런 긍정적인 것들뿐이었다. 그 과정이 어려울 수 있다는
점이나 내가 그 깜냥이 될 수 있을까 하는 걱정은 뒤에
가려져 보이지 않았다(이게 나의 문제점이기도 하다).
종종 내게 예쁘고 건강한 식물을 대체 어디서 데

려오는 거냐고 묻는 분들에게 확실한 구매처를 제공하고 싶었다. 전에는 내가 식물을 산 곳을 알려드리면 이미 그 식물이 품절되어 못 구하는 경우가 많았고, 온라인으로 식물을 판매하는 곳 중에는 마음에 쏙 드는 식물들이 별로 없기도 했다. 그렇다면 나 같은 식물덕후가 직접 골라 판매하는 온라인 쇼핑몰이 있으면 좋겠다고 항상 생각했었다. 단순히 구매자의 입장에서 그랬다. 내가 원하는 게 있다면 그렇게 해보자!

'시작이 반'이라는 말은 시작할 때 가장 큰 에너지가 쓰이기 때문에 생긴 말일 것이다. 살면서 내가 했던 가장 큰 후회들을 돌아보면, 무슨 일을 해서라기보다는 어떤 일을 하지 않아서 생기는 경우가 많았다. 일을 벌일 때마다 내가 그것을 잘할 수 있을지 스스로에게 묻다 보니 자신감이 사라져 시작할 수 없었던 것이다. 그렇게 시간이 지나 돌아보면 그때 해보지 않았던 것이 가장 후회됐다.

후회의 순간마다 지금이라도 도전하라고 스스로를 설득해왔다. 누구나 그렇듯 자기 자신을 설득하는 일이 제일 힘들다. 오늘 내가 내린 결정으로 내일의 내가 움직이고 일해야 하므로. 하지만 내 안의 목소리를 따라 움직

이면 분명 어떤 식으로든 스스로 성장할 것이라 믿었다. 완벽하게 책임을 질 수 있는 일인지 검토하다 보면 결국 포기하기 십상이다.

하지만 이번 일은 달랐다. 내가 매일 함께하며 힘을 얻는 식물의 일이니까. 그러자 문득, 내 주변은 식물이 많아 '정글' 같다고 생각했고 거기에 내 이름 '시아'를 붙이면 나만의 판타지아! 행복한 환상곡이 만들어질 듯했다. 그렇게 나온 이름이 '정글시아'다. 브랜드 이름이 이렇게 쉽게 떠오르다니 운명이다 싶었다.

몇 달을 농장 대표님과 협의하며 론칭을 준비했다. 대표님은 내가 혼자서는 구하기 힘들었던 예쁜 식물들을 공급해주셨다. 어렵게 수입한 희귀식물을 판매해보라고 주시기도 했다. 그러면서 알게 된 사실은 식물의 세계에선 농장과 재배기술을 가진 분들이 가장 귀한 존재라는 점이었다. 구하기도 힘든 식물을 몇천 개씩 키우시는 모습을 보면 저절로 존경의 감정이 스멀스멀 피어올랐다. 농장에 들어설 때마다 건물 입구에 큰절을 하고만 싶어진다. 그렇게 내가 너무나 사랑하는 칼라디움 종류와 무늬 천재인 무늬 박하, 흔하지 않은 매력적인 싱고니움을 잔뜩 데려올 수 있었다.

처음으로 판매한 식물은 특별히 기억에 남는다. 하얀색 잎사귀에 분홍색 점이 박힌 작은 스트로베리스타 칼라디움이었다. 첫 판매로 뛸 듯한 기쁨도 잠시, 판매가 되고 나면 그다음 움직여야 할 사람은 나다. 직원이 없는 1인 기업은 식물 픽업부터 포장, 택배, 고객 대응까지 모두 사장이 혼자서 해내야 한다. 외주로도 할 수 있겠지만 일단 내가 직접 해보고 싶었다. 다행히 처음부터 좋은 반응이 이어져 생각보다 꽤 많은 식물이 전국의 식물 집사들에게 전해질 수 있었다. 내가 예쁘다고 생각한 식물이 다른 사람들에게도 공감을 받는다는 사실이 가슴 벅차게 기뻤다.

하지만 판매 이후 식물을 섬세하게 포장하는 작업이 생각보다 험난했다. 식물의 사이즈가 제각각이다 보니 여러 종류의 상자를 구비해야 했고 여린 식물의 잎이 다치지 않도록 에어캡, 골판지, 신문지, 유산지 등 온갖 포장재료를 써보며 시행착오를 거쳐야 했다. 무늬 박하는 참 예쁘지만 배송되는 동안 어찌나 잎이 잘 마르는지, 식물의 아름다움을 유지하는 포장 방법을 계속 연구해야 했다.

그럼에도 너무 마른 식물이 도착해 구매자분들의 컴플레인이 있으면 다시 새 식물로 보내드렸다. 한동안 그런 컴플레인으로 인해 핸드폰으로 오는 모든 메시지가 두려워질 때도 있었다. 하지만 나도 식물을 사고 불만스러웠던 적이 있었기에 그 기분을 그대로 둘 수가 없었다. 결국 모두 새 식물로 다시 보내드렸다. 정글시아를 열고 처음 얼마간은 리콜만 했던 기억이 난다. 이후 점차 노하우가 쌓이며 택배로 보내도 문제가 없는 식물들로 판매 목록을 구성하고 나서는 감동적인 리뷰들이 올라와 고객들의 리뷰로 힐링하는 사장이 되었다.

누군가는 그저 장사꾼이라고 볼 수도 있겠지만 나에게 이 일은 더 큰 의미가 있다. 직장을 그만두고 다시 명함을 만든 첫 일이기도 하고, 언젠가 내 브랜드를 만들어 장사를 해보고 싶다던 막연한 꿈을 현실로 만들어 준 놀라운 일이기도 하니까. 꿈도 식물처럼 씨앗에서 새싹으로 피어난 것 같아 마냥 신기했다. 머릿속에 씨앗을 심으면 언젠가는 현실의 새싹으로 올라오는구나. 희망을 품고 있으면 나도 모르게 그 꿈을 어디선가 이야기하게 되고 그걸 들은 귀인은 꿈을 현실로 연결해주기도 한다. 처음부터 말도 안 되는 일이라고 생각하면 할 수 있는 일도 스스로 막아서게 된다.

나는 성격이 운명이라고 믿는다. 어찌 보면 비현실

적이고 달리 보면 낙천적인 내 성격이 하게 해준 일들을
생각하면 더 감사함을 느낀다. 이번에도 분명 그랬다.

"나에게 정글시아를 선물해줘서 고맙다. 운명아!"

식물을
키우다
마주한
문장

"춘화현상. 추위를 겪어야 예쁜 꽃을 보여줍니다."

향기가 진한 보라색 꽃이 피는 브룬펠지어 자스민이 베란다에서 겨울을 나며 잎을 모두 떨궜다. 그때는 식물에 대해 전혀 모를 때라 나는 비실비실하던 자스민이 결국 죽은 줄로만 알았다. 그런데 봄이 되자 자스민은 가지 끝마다 다시 귀여운 연둣빛 새잎을 내기 시작했다. 이게 진정한 봄이구나 싶었다.

좋은 소식은 신엽만이 아니었다. 지난해에는 꽃을 보여주지 않았던 자스민이 풍선 같은 꽃봉오리를 잔뜩 만든 것이다. 여기저기 찾아보니 그건 '춘화현상'이라 부르는 것이었다. 온대식물들은 추운 겨울을 보내지 않으면 꽃눈이 생성되지 않아 봄에도 꽃이 피지 않는다. 내가 키우던 브룬펠지어 자스민도 그랬고 호접란, 튤립, 개나리, 진달래 같은 꽃들도 한 번은 저온을 겪어야 꽃을 피운다. 죽을 뻔했던 식물이 꽃을 피우고 새잎을 내는 걸 보면, 나도 덩달아 희망으로 들떴다. 식물을 기르는 일이 마음 치료에 효과가 있다는 걸 새삼 느낄 수 있었다.

입춘이 지나면 집 안으로 들어오는 해가 길어진다. 식물을 키우기 전에는 전혀 몰랐던 일이다. 태양의 각도가 절기에 따라 달라지는 건 식물을 키워야 직접 느낄 수 있다. 식물들을 건강하게 키우려고 화분을 들고 집 안에 비스듬히 들어오는 햇빛을 따라다니다 보면 자연스럽게 알게 된다. 우리 집은 겨울에도 해가 잘 들어오는 편이지만 봄이 되면 햇살의 강도가 또 달라지고 식물들은 빛의 에너지와 온도에 반응해 쑥쑥 자란다. 내가 한 일이 아닌데도 그 변화에 뿌듯해진다. 그리고 그 변화를 알아챈 나 자신도 좋아진다.

식물을 키우기 시작하고 얼마 안 됐을 때는 동백이나 자스민처럼 꽃 피는 식물을 주로 키웠다. 겨울이면 우리 집에는 분홍 향동백이 팡팡팡 피어났다. 겨울에 피는 동백은 여름 막바지부터 꽃망울을 만드는데 그 부지런

함이 놀라울 뿐이다. 잘 몰랐을 때는 내 동백이 이상해서 여름부터 꽃망울을 만드는 줄 알았는데 그저 꽃을 피우기 위해 오랜 시간 준비하는 것이었다. 그래서 여름에 비료를 잘 챙겨주면 겨울에 그만큼 많은 동백꽃 선물을 받게 된다.

동백을 즐기다 보면 어느새 봄이 되어 다른 식물도 줄줄이 꽃을 만든다. 키우던 호접란이 다음 해에 다시 꽃 피웠을 때 느꼈던 뿌듯함을 잊을 수 없다. '그 어려운 호접란을 꽃피우게 하다니. 나는 대단하다!' 사실 내가 한 일이 아니라 겨울의 날씨가 한 일이었지만.

겨울이 필요한 식물이 또 있다. 어느 날은 레몬청을 만들다 나온 레몬 씨앗을 흙이 담긴 화분 위에 아무 생각 없이 던져둔 적이 있었다. 한 달 정도 지났을까. 진초록의 반질반질한 레몬잎이 화분 위 여기저기에서 올라왔다. 그 딱딱한 씨앗을 어떻게 저 여린 줄기와 잎이 뚫고 나왔을까? 식물의 경이로운 생명력에 감탄하며 예쁜 수형의 새싹을 골라 작은 화분에 심어줬다.

그런데 그 레몬은 몇 년을 키워도 잎만 나오고 꽃이 피지 않았다. 레몬나무라고 부를 수 있을 정도로 줄기도 목질화되었는데 왜 그럴까 궁금해 정보를 찾아봤다.

내 레몬나무는 실내에서 키워 빛이 부족하고 성장이 느린 탓도 있었지만, 원래 레몬은 3년은 추운 겨울을 보내야 꽃이 핀다는 사실을 뒤늦게 알게 됐다. 지중해의 레몬나무를 생각하며 따뜻한 거실에서 내내 키운 게 잘못이었다. "레몬나무는 겨울에 춥게 월동을 시켜주세요. 추위를 겪어야 예쁜 꽃을 보여줍니다." 레몬도 겨울이 필요한 아이였다.

그저 던져둔 레몬 씨앗에서 잎이 나온 것만도 대단한 일이었다. 그렇지만 더 매력 터지는 건 레몬나무의 수형을 잡아주려고 가지치기를 할 때 나는 알싸한 레몬향이다. 그전까지는 식물의 열매에서 나는 향이 그 식물의 줄기와 잎에서도 난다는 걸 몰랐다. 과일 가게에서 열매만 접하고 먹어온 나로서는 당연한 일이었다. 그럼 복숭아 잎에서는 복숭아향이 나겠구나! 딸기도? 수박도? 임신한 이후로는 냄새에 민감해져서 향수를 멀리하게 되었는데 자연에서 나는 향기는 맡자마자 정신이 맑아졌다. 레몬향을 맡아가며 부지런히 가지치기해주고 있는 내 레몬나무에도 곧 하얀 레몬꽃이 피고 풍성한 열매가 맺히는 상상을 해본다. 올해 겨울엔 충분히 춥게 해줄게. 물론 그건 내가 아니라 겨울이 할 거야!

내 인생에
찾아온
가장 멋진
선물

코로나 바이러스가 사방에 퍼지며 외출을 거의 못하게 되었다. 결국 우리 집 어린이는 1년 넘게 학교에 제대로 가지 못했고 모든 수업이 온라인수업으로 바뀌었다. 저학년 학생의 보호자인 나도 학교의 지령대로 수업을 진행해야 했다. 1교시 국어 끝나고 쉬는 시간, 끝나고 수학 시간, 다음은 그리기 시간 그리고 요리까지 해야 하는 점심시간……. 수업이 끝나면 공부한 내용을 사진 찍어 학교에 보내줘야 출석이 인정됐다. 나의 유일한 개인 시간이었던 평일 낮은 이제 초등학교 선생님이 되는 시간으로 바뀌어버렸다.

원래 이 시간은 내가 빈집에서 식물을 돌보고, 유튜브 영상을 촬영하고, 편집해서 올리고, 홍보까지 하는 시간이었다. 물론 지금은 그러지 못하고 있다. 어린이는 어린이답게 교육방송 선생님이 모니터 속에서 이야기하는 것에 오래 집중하지 못했고 그때마다 난 내가 가진 참을성을 다해 다시 영상을 보게 만들어야 했다. 아, 전국의 초등학교 선생님들이여 진심으로 존경합니다!

아이가 더하기와 빼기 문제를 풀고 있는 동안 나는 오전 햇빛 속에 먼지가 폴락폴락 식물 위로 내려앉고 있는 것을 보았다. 유튜브 채널에 영상을 올리지 못한 지 꽤 되었다. 퇴사하고 다시 가슴 뛰는 일이 생긴 것이 꿈만 같았는데, 월급 나오는 직장이 아니다 보니 영상 업로드 일자는 자꾸만 뒤로 밀렸다. '내가 진정으로 하고 싶은 일이라면 새벽에 일어나서라도 하면 되지 않을까?' 하는 생각만 하다 기절하듯 잠드는 날들이 이어졌다.

그러다가 번쩍 떠오른 아이디어. 유튜브의 라이브 기능을 실험하고 싶어졌다. 라이브 방송을 하면 편집하는 시간을 줄일 수 있고 구독자분들과 친밀한 이야기도 바로 나눌 수 있었다. 가족이 아닌 사람과 이야기를 나눈 지 대체 얼마나 지난 걸까? 식물을 좋아하는 사람들과 실컷 수다를 떨고 싶었다. 사람이 그리웠던 나는 그렇게 용감하게 라이브 버튼을 눌렀다. 나처럼 유명하지 않은 사람의 게릴라 라이브엔 과연 몇 명이나 들어올까? 평일 오후, 별 볼일 없는 식물 유튜버가 패기 넘치게 시작한 방송에는 놀랍게도 50명이 넘는 분들이 찾아왔다. 라이브의 내용은 그저 내가 키우고 있는 식물들의 새잎을 보여주고 식물의 이름을 읊는 것이었을 뿐인데도 많은 분들이 신기해하며 대화에 참여했다.

그렇게 들어온 분들은 식물 채널에서 라이브 방송을 하는 것에 대한 호기심을 갖고 오셨다고 했다. 자주 댓글을 써주던 분들이 반갑게 인사를 했고 나도 그 분들과 실시간으로 인사하며 신나게 식물 수다를 떨었다. 아무도 오지 않을 거란 예상을 깨고 너무나 재밌는 시간을 이어갔다. 십분 남짓 길이의 편집 동영상과 달리 실시간으로 여러 사람의 질문에 답하다 보니 한 시간이 훌쩍 지나 있었다. 라이브에 참여한 구독자분들끼리 대화하기도 하고 내 이야기에 바로 반응도 일어나는 방송이었다. 혼자 촬영하고 편집하는 영상에서는 절대 느낄 수 없는 생동감이 있었다.

그 뒤로 분갈이하며 수다 떠는 라이브, 식물 근황을 보여주는 라이브 등을 진행했는데, 점차 나의 식물 라이브를 기다리는 분들이 많아졌다. 나만 재밌는 게 아니

었다! 녹화된 라이브 방송의 조회 수 역시 일반 편집영상보다 훨씬 높았다. 보기만 해도 현장의 생동감이 느껴지고 긴 시간 식물 구경을 할 수 있어 좋다고도 했다.

특히 감동받았던 라이브 영상의 댓글이 있다. 우연히 유튜브를 둘러보다가 나의 영상을 봤다며 너무나 점 잖고 친절하게 자신을 소개하던 분이 있었다. 인터넷에서 자신을 먼저 소개하며 내밀한 사정까지 꺼내는 분을 만나기는 사실 어렵다. 그러나 그분은 솔직하고 정성스러운 댓글로 내게 고마움을 전하셨다. 그분의 아내분은 원래 식물을 좋아했는데 두 번의 뇌경색으로 몸이 안 좋아져 식물 키우기에 흥미를 잃어가고 있다고 했다. 그런데 내 라이브 영상을 아내분께 보여주니 "희망의 불빛을 보는 듯 활기가 넘쳐흘렀다"고, "컴컴한 어둠에서 밝은 빛이 들어오는 기분"을 느끼셨다고 했다. 내 자랑 같아 보이겠지만 사실 자랑 맞다. 큰 자랑이다. 나의 소소한 수다로 누군가의 기분이 좋아진다면 이보다 큰 기쁨이자 자랑거리가 또 있을까? 나는 이렇게 식물 방송을 하며 멋진 분들과 함께 성장하고 있었다.

퇴사하며 느꼈던 시원섭섭함. 그리고 또 무엇으로 나를 표현할 수 있을까 고민하던 그 막막함. 그런 모든 것들이 한순간 해소되는 느낌이었다. 혼자 식물을 키우며 예뻐하고 즐거워하는 것도 좋지만, 온라인으로 이를 공유하며 나름의 공동 식물육아를 하는 것은 또 다른 재미가 있었다. 우리 집의 식물들은 이제 나 혼자만의 것이 아니었다.

식물의 근황을 방송하면 구독자분들은 각자 애정을 가지고 지켜보고 있는 내 식물들이 얼마나 컸는지 보여달라 말한다. 그러면 나는 기쁜 마음으로 그 식물들을 보여드린다. 그렇게 꾸준히 이어온 식물 근황 라이브는 이젠 게릴라로 진행해도 200명이 넘게 들어오는 식물 수다의 장이 되었다. 요즘은 러시아, 인도네시아, 미국 등 외국에서 들어오는 분들도 있어서 신기할 따름이다. 식물 수다를 떨다 보면 너무 재밌어서 카메라를 든 손이 저리도록 오래오래 이야기할 때가 많다.

"여러분들이 행복하다면 저는 더 행복합니다! 시간 없고 공간이 여의치 않아 식물을 키우지 못하는 분들을 위해 대신 식물을 키워드립니다. 여러분은 예쁜 식물을 보러 오세요. 물도 주고 통풍도 시켜주고 벌레도 손수 잡아드립니다!"

타인에게 행복을 주는 일이라면 그 일은 무엇보다 더 소중해진다고 믿는다. 이제 진짜 나의 일이 생긴 것 같아 미루고 미루던 나만의 명함을 만들었다. 다시 생겼다. 나의 명함. 내가 만든 나의 일. 식물로 사람들을 행복하게 만들어주는 일!

에필로그

당신의 기분이 초록이 될 때까지

이 책의 원래 제목은 '식물의 기분'이었다. 가드닝을 하면 할수록 식물의 기분이 곧 나의 기분이고 나의 기분이 곧 식물의 기분이 되는 것을 느꼈다. 집사가 바빠 식물을 돌보지 못하면 화분은 금세 못생겨진다. 하지만 반대로 집사에게 여유가 있는 날인 일요일이 지나고 나면 화분에는 참기름이라도 바른 듯한 아기 잎이 뽀짝 올라온다. 움직이는 햇빛을 쫓으며 부지런히 화분을 옮겨주고, 비료를 챙겨주고, 식물에 맞춰 알맞게 물을 준 결과다. 식물의 기분이 좋으니 나도 함께 좋아진다.

출판 마케팅을 오래 하다 보니 저마다 다양한 책의 운명이 제목에 달려 있다는 걸 잘 알고 있었다. 그런 맥락에서 채택된 '내 기분이 초록이 될 때까지'라는 제목은

이 책의 발랄한 분위기와 정체성을 잘 설명해줘서 유독 맘에 들었다. 책의 제목처럼 식물을 키우면 정서가 맑아진다는 사실을 나는 몸소 경험했다. 식물이 저마다 몸집을 키우는 동안 집사는 곁에서 알게 모르게 그 영향을 받는다. 식물을 좋아하지 않는 이들에겐 별 것 아닌 일상의 조각들도 무한한 긍정의 모습으로 다가오는 것이다. 일단 식물의 아름다움을 알게 되면 번식할 수 있는 이파리 하나, 먹고 난 과일의 씨앗 하나가 다르게 느껴진다. 식물은 작은 곳에서 행복을 발견할 수 있게 한다.

그 행복은 식물의 성장과 함께 열두 달 내내 이어지는 것이어서 우리 실내 정원가들은 매우 부지런하고 활기찬 나날을 보낸다. 봄이 되면 벚나무 새싹과 단풍나무 씨앗을 바닥에서 찾고, 여름에는 해충과 씨름하며 장마철에는 빗물을 받아 반려식물 보약을 마련한다. 가을에는 겨울을 대비해 베란다에 있는 많은 화분을 나르고 또 나른다. 겨울에는 여름에 비료를 줬던 동백 화분에서 핀 꽃을 따뜻한 실내에서 누린다. 우리들에게 이 식물의 세상은 바깥에서 너무 쓰고 썼던 몸과 마음이 고이 쉴 수 있는 안식처가 된다. 식물과 함께하는 삶은 이토록 행복하다. 이 소중한 초록의 기분을 더 많은 이들이 누렸으면 좋겠다.

식물과 더 가까워지고 싶은 당신을 위한
식물덕후 용어 사전

식덕

식물덕후의 줄임말. 하루 종일 식물 생각이 난다면 입덕 초기 단계다. 식물이 점점 많아져 키우는 식물에 얹혀살기 시작했다면 부정할 수 없는 식덕이라 봐도 된다.

풀친구

식친(식물친구), 풀친이라고도 하며 식물로 인해 알게 된 친구들을 의미한다.

풀멍

키우는 식물들을 보며 멍 때리는 것. 정신건강에 엄청난 효과를 발휘한다.

물시중

식물에게 물을 주는 것. 적절한 시기에 적당한 양의 물을 주는 것은 식물 집사의 기본 도리다. 특히 열대관엽처럼 물을 좋아하는 식물을 키우거나 물 마름이 빠른 토분을 사용하는 집사는 물시중을 자주 들어야 한다.

식태기

식물을 키우는 데 권태가 오는 시기. 식물을 키우려면 해야 하는 일이 꽤 많다. 계절마다 햇빛과 온습도 맞춰주기, 분갈이, 흙 청소, 곰팡이 없애기, 해충 잡기 등. 이 많은 일들을 하다가 식태기가 오기도 하고 키우는 식물이 자주 죽어 식태기가 오기도 한다.

비톡스

빗물을 주면 식물이 탱글탱글하게 예뻐져 마치 보톡스를 맞히는 것 같아 나온 표현. 비에는 천연질소가 녹아 있어 식물의 천연비료의 역할을 한다. 그래서 빗물을 받아 식물에게 주는 집사가 흔하다. 비와 천둥번개를 반가워하는 것은 식덕의 초기 증상이다.

참기름 바르고 나오다

새잎이 나온 모습을 표현하는 말. 신엽은 구엽보다 색이 밝고 윤기가 나서 이런 표현이 생겼다.

얼음

식물이 죽지도 않고 크지도 않는, 멈춰 있는 상태. 얼음에서 깨어난 식물에 식덕은 크게 기뻐한다.

초록별

식물이 죽었을 때 '초록별에 갔다'라고 표현한다. 사람의 경우에 '천국'에 해당한다.

무천
무늬 천재의 줄임말. 무늬종 식물에 특히 예쁜 무늬가
나온 것을 '무천이'라고 부른다.

찢잎
찢어진 잎. 몬스테라 등의 식물은 유묘(어린 식물)일 때
는 가장자리가 매끈한 하트 모양의 잎을 갖고 있지만, 어느 정
도 성장하면 가장자리에 찢어진 듯한 홈이 생긴다. 식덕들은 유
묘부터 키운 식물이 자라서 찢잎이 나오면 환호한다. 햇빛이 모
자라면 찢잎이 나오다가도 다시 하트 잎으로 돌아가기도 한다.

플분
플라스틱 화분의 줄임말.

슬릿분
플라스틱 화분 아래에 통기성을 좋게 하기 위해 길게 홈
이 파인 화분.

순둥하다
키우는 데 까다롭지 않고 누구나 잘 키울 수 있는 식물
을 표현하는 말.

나눔

식물이나 식물과 관련한 것들을 풀친구끼리 서로 주고 받는 문화. 처음 식물계에 발을 디딘 초보자들에게도 나눔은 언제든 열려 있다. 하지만 대놓고 받기만을 원하는 것은 (당연하지만) 예의에 어긋난다. 식물생활을 즐기면서 자연스럽게 참여해보자.

소매넣기

소매치기의 반대말. 식덕들은 워낙 식물이 많다 보니 집에 사람의 자리가 좁아진다. 주변에서 그냥 나눠주는 식물도 거절할 수밖에 없다. 그럼에도 불구하고 굳이 나눔을 해주는 강력한 풀친구들이 있는데 그들이 해주는 강제 나눔을 '소매넣기'라고 한다.

실습

온실 안 습도가 아닌, 사람이 생활하는 공간의 습도. 베고니아나 안스리움 같은 습도에 민감한 식물은 습도 90퍼센트 이상의 온실에서 키우는 경우가 많다. 그런 식물들은 온실 속 습도에 적응해서 바깥의 낮은 습도로 나오면 잎이 마르고 심한 경우 죽을 수도 있다. 그래서 온실 바깥으로 식물을 내놓는 것을 실습에 적응시킨다고 한다.

과습

상태가 나빠질 정도로 식물에 물을 너무 많이 주는 것.

저면관수

물을 화분 위로 주는 것이 아니라 아래 화분 구멍으로 빨아들일 수 있도록 주는 방식. 화분을 물에 담가두면 된다. 잎에 물이 닿는 것을 싫어하는 식물이나 너무 심하게 흙이 마른 경우 등 다양한 이유로 저면관수를 한다.

삽수

가지 하나로 번식이 가능한 식물을 자른 개체. 참고로 이파리 한 장으로도 번식이 가능한 베고니아 같은 식물도 많다.

묘

삽수가 아닌, 뿌리가 충분히 나와 흙에 바로 식재(심는 것)할 수 있는 상태의 식물. 싹이 바로 틀 수 있는 상태로 순화가 끝난 개체다. 삽수에서 묘가 되거나 새로운 잎이 나오기까지의 기간을 순화기간이라고 한다.

하엽

잎이 누렇게 변하거나 말라서 식물이 탈락시키려고 하는 상태의 잎. 보통 저절로 떨어질 때까지 놔두지 않고 직접 떼어낸다. 그래야 미관상도 좋고 식물이 새잎에 에너지를 쏟을 수 있다.

수형

식물이 자라나는 모양. 외목대는 주된 줄기가 하나인 모

양을 의미하고, 토피어리형은 외목대면서 위로 올라갈수록 잎
과 가지가 풍성해지는 막대사탕 같은 모양을 말한다.

웃자라다

햇빛이 모자라 식물이 위로 길쭉하게 자라는 것. 식물을
처음 키우는 사람은 웃자란 것을 보고 잘 자란다고 오해하기도
한다.

절화

뿌리가 없는 형태로 자른 꽃. 보통 꽃다발 등에 장식용
으로 쓰인다.

목질화

작고 여린 식물의 줄기가 자라며 점차 딱딱해지고 표면
이 갈색으로 변해 나무처럼 되는 현상.

월동

식물이 겨울을 나는 것. 극한의 K가드너들은 베란다나
마당, 옥상 등에서 키우는 식물을 겨울이 되면 다시 실내로 데
리고 들어와야 한다. 식물마다 추위를 견딜 수 있는 온도가 있
는데 이것을 '월동 온도'라고 한다.